و_لي

WALI

LE VOYAGEUR SANS NOM

Du même auteur :

L'autre côté de la lentille — *volume 1*, Le voyage
photographique d'un tireur d'élite en Afghanistan

site de l'auteur :

www.wali-auteur.com

ISBN 978-2-9812324-1-0

Dépôt légal - Bibliothèque et Archives nationales du Québec, 2013

Dépôt légal - Bibliothèque et Archives Canada, 2013

À ma mère.

À Marie-Ève, ma compagne.

À tous ces voyageurs perdus.

Nous sommes tous des petits voyageurs,
certains sans le savoir.

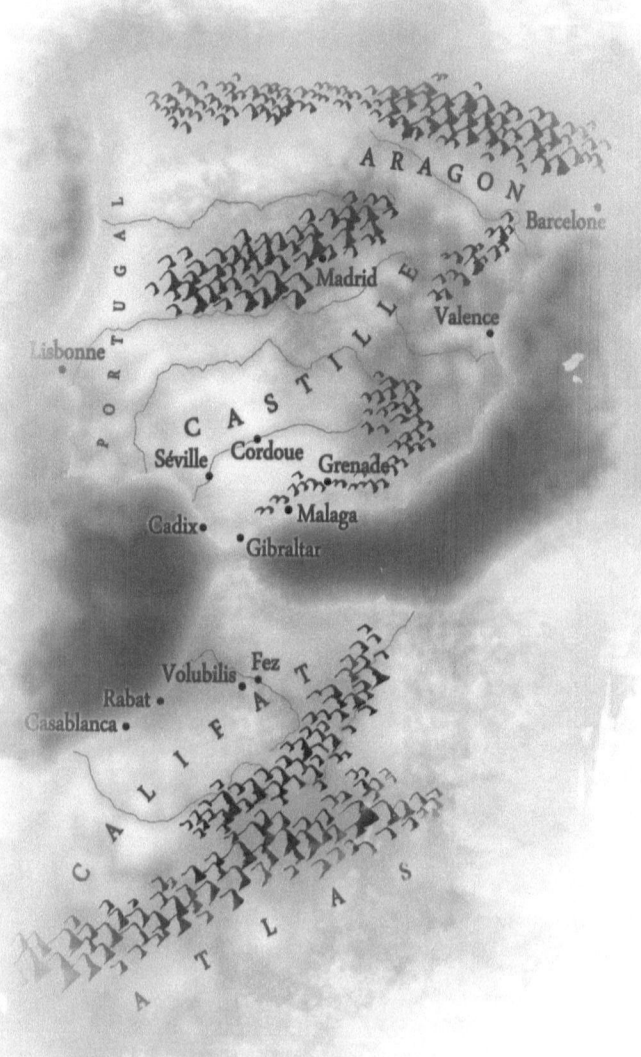

PORTUGAL

ARAGON

Barcelone

Madrid

Valence

Lisbonne

CASTILLE

Séville   Cordoue   Grenade

Cadix   Malaga

Gibraltar

Volubilis   Fez

Rabat

Casablanca

CALIFAT

ATLAS

L'auteur de ce conte s'est inspiré de ses réflexions à l'époque où il combattait en Afghanistan, pays qui est resté magnifique malgré les conflits. On voit ici une moulure typique qui coiffe les mosquées des campagnes de Kandahar.

AVANT-PROPOS

Ce conte philosophique est l'histoire d'un voyageur français ayant perdu la foi. Les messes l'ennuient. La Bible ne le charme plus. La religion ne suffit plus à rassasier son âme.

Ce jeune voyageur est déterminé à se rendre en Terre Sainte, où selon ses mots se trouve « cette source d'eau vive encore inaltérée, origine de toute sagesse ».

Mais ce petit aventurier ne sait pas où est « ce pays au-dessus de tous les pays ». Il n'a plus ce sens de l'orientation innée qu'un jour nous avions tous. Il est perdu. Il ne sait pas faire la différence entre le nord et le sud, entre l'est et l'ouest. Il ne reconnaît que le ciel, qui du haut lui rappelle qu'il n'est pas tout à fait égaré. Il se sert donc de cent astuces pour trouver son chemin jusqu'à la patrie de Jésus, Moïse et Mohammed (que la *paix soit sur eux[1]*).

Sur son trajet, l'aventurier rencontre des chrétiens, des musulmans, des juifs. Il parle à des scientifiques, des politiciens, des commerçants, et même des athées. Tous amènent une pierre de plus au temple que se construit cet explorateur.

Notre voyageur a un problème. Il est mal préparé. Il n'a pris aucune précaution. Il est pieds nus. Il n'a aucune réserve de nourriture. Il n'a ni manteau ni chapeau. Il n'a même pas pris la peine d'emporter une simple gourde d'eau. Tout ce qu'il possède, ce sont quelques instruments de musique : une grande et une petite flûte, ainsi qu'une guitare.

Ce voyageur aux pieds nus ne parle ni arabe, ni espagnol, ni aucune langue des pays qu'il visite. Il veut traverser des territoires musulmans, bien qu'il n'ait jamais lu une seule page du Coran. Il n'a jamais discuté

---

1   Les musulmans font toujours référence au Prophète Mohammed en faisant suivre son nom par « que la paix soit sur lui ». De mon côté, je me suis contenté de ne l'écrire qu'une fois au début.

avec un disciple de l'Islam. Cet aventurier égaré n'a ni carte ni repère. Il ne suit aucun guide. Il n'a aucune connaissance de la géographie ou de l'art de la navigation. Comme plusieurs d'entre nous, il est désorienté dans ce monde où la vie survit avec peine.

Il a la foi en Quelque Chose, en une Force qu'il nomme encore Seigneur. Se sentant abandonné par celui qui ne lui parle ni ne l'aide plus, il s'est autoproclamé orphelin de son père. Il n'a presque plus la foi dans le Créateur. Pourtant, il continue de lui adresser la parole. Car un naufragé de la mer, même s'il se croit seul et condamné, appelle quand même au secours. Il espère être écouté, ne serait-ce que par le vent, cette force muette et invisible soufflée depuis les cieux, qui peut-être lui répondra en le poussant vers la Terre Promise. Comme un naufragé sur l'île perdue de la Terre, il continue de réciter ses prières. Il persiste et envoie des messages à la dérive, vers cette vie qui se cache sans doute au-delà de cet horizon à la fois salvateur et menaçant.

La conscience de l'explorateur est hantée par les

doutes et les questionnements. Comme nous, il a perdu ses certitudes. Les religions et la politique n'éveillent plus rien en lui. Les discours des dirigeants le laissent indifférent. Les promesses d'un monde parfait se sont toutes effondrées; comme à notre époque avec l'échec du socialisme, du matérialisme, du capitalisme et de l'individualisme. Les idéologies ont toutes peu à peu disparu. Celles qui survivent encore sont insatisfaisantes, vidées de leur sens.

Cette histoire s'adresse à ceux et celles qui s'intéressent à ce qui est spirituel. Ce n'est pas un livre religieux. En effet, spiritualité et religion sont deux mots et deux choses différentes. Les religions sont des organisations humaines. La spiritualité est une quête individuelle. Chacun doit réfléchir lui-même, et se former seul une opinion.

Pour ce qui est de la spiritualité (la recherche de la Vérité, à laquelle il faut sans gêne mettre un V majuscule), nous en sommes encore à l'âge des cavernes, encore que cette affirmation rabaisse nos nobles et lointains ancêtres.

Nous connaissons la constitution chimique des galaxies lointaines, mais nous en savons très peu sur l'état de nos pauvres petites âmes. La spiritualité est le seul continent encore inexploré. Tous les autres espoirs ont tour à tour échoué.

Quand allons-nous enfin comprendre que nous avons une mission, une vocation, un destin commun ? L'espoir des peuples est dans la reconquête des vérités fondamentales. Nous avons érigé une grande construction. Il est maintenant temps d'en rénover les fondations. Nous devons retourner à ce qui à la base fait de nous des êtres humains.

La religion n'est pas spiritualité. Cependant, loin de moi l'idée de condamner toutes les personnes religieuses. Beaucoup d'hommes et de femmes de toutes les confessions ont fait des choses extraordinaires pour l'humanité. Comme médaille pour récompenser leur courage quotidien, ils ne portent qu'un grand cœur ca-

ché.

Pauvres ou riches, chrétiens, hébreux ou musulmans, politicien ou simple citoyen, de la gauche ou de la droite : partout où j'ai été, peu importe le groupe ou l'étiquette apparente, j'ai vu des gens dignes des milliards d'années qu'il a fallu pour les créer[2]. Ce sont eux, pris dans leur individualité, qui sont les espoirs de l'humanité, l'armée cachée au service de la Justice et de l'Égalité.

Comme dans ce présent conte philosophique, ce sont de tels pèlerins qui font la noblesse d'un temple, d'un lieu, d'un pays. La grandeur d'une église ne se mesure pas au nombre de pierres ou à la hauteur de ses colonnes, mais à la valeur des personnes venant la visiter.

La qualité de chaque individu (qualité qui passe d'abord par sa spiritualité et sa constance à faire le bien) est donc au cœur de toute amélioration permanente de nos sociétés. C'est cette quête personnelle, cette recherche de nous-mêmes, de notre idéal, de ce que nous

---

2   L'univers que nous connaissons a environ 15 milliards d'années.

pouvons et devons être, qui fait de nous des pèlerins.
J'ai transmis cette quête (que nous avons tous le devoir
de reconnaître comme étant la plus importante pour le
destin de l'humanité) à travers une histoire épique.

Rien ne m'est plus étranger que le discours de ces
trop nombreux fanatiques religieux, qui affirment que
si c'est écrit dans ce qu'on appelle un « livre saint »,
c'est automatiquement vrai. Cependant, je me suis
quand même inspiré de la Bible, du Coran et d'autres
textes reconnus pour leur sagesse³. J'ai essayé d'en con-
server le style particulier, qui est à la fois simple et naïf.
Le lecteur informé verra donc une ressemblance dans
l'écriture et le choix du vocabulaire. Les mêmes mots
reviennent souvent, formant de nouvelles images.

---

3   Les références de bas de pages de la Bible proviennent
de la traduction dite « Louis Segond », édition 1910, accessible
gratuitement sur internet. Les références coraniques sont tirées
de la 12e édition de la traduction de Muhammad Hamidullah, des
éditions Maison Ennour.

Les rivières, les montagnes, les animaux, l'océan, les étoiles, le soleil : ce sont là des symboles universels qui ont été utilisés par tous les peuples anciens, parfois sans être en contact entre eux. J'ai écrit ce conte de manière à le rendre compréhensible à une personne de l'Antiquité.

Il y a des milliers d'années, on expliquait les choses avec des exemples de la vie quotidienne. On ne parlait pas de « création du monde », concept abstrait moderne, mais de « naissance » ou de l'apparition du soleil matinale. Quand on voulait décrire les mondes spirituels, on les comparait au ciel étoilé, lointain, lumineux, omniprésent. La demeure des dieux était associée aux montagnes les plus élevées de la région (mont Olympe). Les ténèbres étaient représentées par la nuit, l'obscurité, la perdition, l'absence de guidance. La sagesse était une source d'eau fraîche remplissant nos corps, invisible de l'extérieur, nous donnant la force de surmonter les difficultés de la journée.

Pour un auteur, il est dangereux de connaître trop de mots, tout comme il n'est pas souhaitable qu'un guide *soit campé trop haut. Un trop grand savoir peut séparer l'écrivain de son auditoire. Voilà pourquoi je résiste à cette tentation d'utiliser de longues phrases pour ce qui peut être dit simplement.*

Je me suis basé sur les textes apocryphes de manuscrits depuis longtemps oubliés, et qui ne se sont pas rendus jusque dans les écrits religieux officiels, dont la liste a été établie par des humains[4]. Comme des braises cachées et maintenant déterrées, ils apportent une nouvelle lumière sur les différentes façons de penser des débuts des religions[5].

---

4   Selon les spécialistes de la question, un grand nombre de ces textes apocryphes sont sans contredit des faux ayant été écrits dans le but de donner une autorité à une opinion religieuse à l'époque controversée. Par exemple, on disait que le texte avait été écrit par le frère de Jésus, ou par un apôtre important. Malgré tout, même si le canon officiel est selon plusieurs fondé, une autre (petite) catégorie de textes est considérée comme en grande partie authentique.

5   *L'Évangile selon Thomas* par exemple, est un texte apocryphe qui ne s'attarde pas à la biographie de Jésus ou des apôtres. Selon plusieurs spécialistes, il recèlerait des paroles authentiques de Jésus. Ce texte, qui n'accorde aucune importance aux miracles, nous montre que certaines communautés des premiers chrétiens se concentraient surtout à l'étude des paroles, contrairement à la ligne officielle que nous connaissons, qui accorde une grande importance à la crucifixion.

Car la censure de la religion officielle est apparue des siècles après l'apparition du message d'origine. Les premières communautés de chrétiens, de même que les premiers musulmans, avaient une grande liberté de réflexion. Il n'y avait pas encore de dogmes, de contrôle et de croyances standardisées par une hiérarchie centrale.

J'ai été soldat. J'ai été au combat. C'est donc avec mes doigts conditionnés à tuer que je vous livre une œuvre d'amour et d'unité. Par l'intermédiaire d'un conte philosophique, j'ai voulu introduire la pensée chrétienne aux musulmans, et vice-versa. Mes mains ont été entraînées à tenir une arme et à faire couler le sang. Par cette plume que je tiens, et par l'encre qu'elle dépose, je tends la main aux croyants de deux grandes religions.

Je ne suis pas baptisé. Je ne fais partie du registre d'aucune religion. Je m'intéresse tant aux sciences de la raison qu'à celles de l'âme.

Mes écrits ne sont pas religieux. Ils ne sont ni musulmans, ni chrétiens, ou plutôt ils sont à la fois chré-

tiens et musulmans. Ils s'adressent à tous les croyants, en incluant les athées. Car même les athées croient en une certaine version de l'univers. Dans un sens, ils sont eux aussi croyants. Ils possèdent une forme de foi.

Je cite parfois la Bible et le Coran, sans reproduire les passages avec exactitude. C'est volontaire, et c'est pourquoi j'encourage le lecteur à lire les textes authentiques, en plus de faire des recherches personnelles à l'aide de traductions différentes. Chacun se fera ainsi sa propre opinion.

Je suis loin d'être un spécialiste des vieux manuscrits. Cette oeuvre n'est pas une étude académique des écrits religieux. Les citations ou les inspirations, qu'elles soient du Coran, de la Bible ou d'une personne jugée ordinaire, sont en italiques. Car pour moi il n'y a aucune différence entre la sagesse d'un livre ou d'un tout petit.

Dans les notes en bas de page, j'inclus les passages exacts, en plus de commentaires. Beaucoup trop de livres s'inspirent de l'histoire et de textes déjà existants, *sans toutefois spécifier ce qui est effectivement vrai, et ce qui ne l'est pas. Il en résulte une confusion semblable à un feu qui se répand rapidement, mais qui prend des années à éteindre.*

Wali

ولي

WALI

Le nom « Wali », que les Afghans utilisaient pour s'adresser à l'auteur, signifie « le protecteur ». Puisque le prénom français « Olivier » est difficile à prononcer pour les Afghans, ces derniers disaient simplement l'équivalent des premières lettres « Oli », qui se prononcent aussi « Wali », le W, l'O et l'U s'écrivant de la même façon en arabe et en pachto.

Olivier Lavigne-Ortiz est né d'une mère canadienne, et d'un père américain et sud-américain.

Comme signature, l'auteur a choisi un symbole mélangeant l'écriture arabe et la calligraphie des pays d'Asie. Le symbole représente les premières lettres du nom « Olivier ».

Le rameau d'olivier est le symbole utilisé comme séparateur de chapitre. Le rameau est un symbole de paix utilisé par plusieurs religions, dont les premiers chrétiens.

L'été

Quelque part
en Espagne

Il était une fois un petit voyageur solitaire. Nostalgique comme un enfant sans parents, il traversait l'Espagne et ses terres.

Ve siècle. Des Pyrénées jusqu'à Gibraltar, l'Espagne venait de terminer la reconquête de ses territoires, qui pendant des centaines d'années avaient été sous le contrôle des musulmans de l'Afrique du Nord. Les derniers bastions islamiques du pays étaient tombés aux mains des armées du christianisme. Les villes portaient encore les cicatrices de vieux traumatismes. Le sud de la péninsule était bouleversé, recouvert d'églises et de mosquées, habité par des chrétiens et des musulmans. Pendant ce temps, un voyageur perdu marchait dans un champ.

Nous sommes tous des voyageurs égarés, des pèlerins. Nous sommes tous à la quête de Quelque Chose, de notre destin. Nous avons tous un but. Sans être complètement perdus, ce qui est certain c'est qu'aucun d'entre nous n'est encore rendu. Nous ne connaissons même pas notre origine, notre début. Nous avons quelques réponses, mais encore plus de questions. Nous ne savons où nous allons, ni d'où nous venons.

Ce matin-là, je me suis réveillé au cœur d'un pays inconnu. Sans guide ou repère, je me sentais telle une âme perdue. Ma mémoire était effacée. Mon passé était presque entièrement évaporé. Mes souvenirs s'étaient envolés. Il n'y avait que mon nom que je n'avais pas oublié.

Mon nom qui n'en est pas un, le seul qu'a trouvé mon père adoptif, quand il m'a trouvé.

J'avais perdu mes souvenirs d'enfance. Je parlais certes la langue de la France. J'avais encore de vagues souvenirs de mon lieu de naissance. Mais je ne me rappelais plus du nom de mes premiers amis. Je n'avais plus le souvenir de mon arrivée dans ce nouveau pays.

J'étais seul au monde. J'étais une âme vagabonde. Au milieu de ces paysages inconnus, je me sentais telle une lointaine sonde. J'étais prisonnier de ma solitude. Je n'aurais même pas pu pointer le nord et le sud. Je n'avais personne à qui parler. Il ne restait qu'une seule personne à qui je pouvais me confier :

« S'il vous plaît, apportez mon message, Monsieur le Vent ! Attrapez ce chant, et gardez-le précieusement. Apportez mes paroles à qui de droit. Dites-lui que je serai patient. Dites-lui que pour lui j'attendrai mille ans, s'il m'en donne le droit. Faites-lui entendre ma voix :

« Où es-tu Seigneur? Où es-tu, toi qui prétends être mon père et qui pourtant m'as abandonné à la toute première heure? À ma naissance, de ton visage je n'avais déjà plus connaissance. Toi qui es cette force animant tout ce qu'on voit, je crois encore un peu en toi, mais je ne te comprends pas. Je te cherche, mais je ne te vois pas. Je te parle, mais tu ne me réponds pas. Quand je prie, je n'entends que ma propre voix. Quand je marche, je n'entends que le son de mes pas.

« Tu es mon invisible idole, mais tous mes espoirs tu voles. Que je crie mon amour ou ma colère, ô mon Père, tu somnoles. Quand je menace de ne plus croire en toi, tu ne fais rien pour me garder dans la foi. Pourquoi es-tu si indifférent? Pourquoi tous ces faux charmes, si en retour tu n'aimes que l'eau de mes larmes?

« Pour toi je chante et j'écris de la poésie. Pour toi j'accorde cent *do* et autant de *si*. Aucun homme ne chanterait autant de belles mélodies, pas même pour la plus belle femme d'un pays.

« Où es-tu, toi qui nous écrases sous le poids de la maladie ? Où-es-tu, toi qui tortures les petits, mais laisses les méchants impunis ? Où es-tu, toi qui sans nous dire pourquoi nous donnes et nous enlèves la vie ?

« Où te caches-tu, toi qui de là-haut ne prends pas la peine d'écouter ce malheureux chant ? Où vis-tu, toi qui as fait naître mille tyrans ? Où vas-tu, toi qui prétends être au-dessus des rois ? À défaut de ne pas venir vers moi, pourrais-tu au moins me montrer le chemin qui conduit jusqu'à toi ?

« Depuis toujours je vante tes mérites, cependant qu'à chaque détour tu m'évites. Même le vent, qui ne parle pas, me rappelle au moins qu'il est encore là. Je t'appelle, mais en réponse je n'entends qu'un silence éternel. J'appelle à l'aide, mais je ne constate que ton immobilité criminelle. Je ne demande pourtant pas le parfait remède ; seulement une simple gorgée de miel. Essayons encore une fois, pour voir ce que tu feras. »

Je ne savais pas où aller. Je ne savais pas vers quoi me guider. Je n'avais aucune connaissance des lieux et des environs. Je n'avais ni carte, ni boussole, ni sens de l'orientation. Je ne savais rien de la géographie et de l'art de la navigation. J'étais ignorant des sciences de la raison. Ma seule certitude était de toujours avancer vers ce beau et brillant horizon.

« Ô toi qui est tout-puissant et qui pourtant laisse mourir les innocents ; ô toi qui est aimant, mais qui laisse périr ses enfants : si tu ne veux pas afficher ton visage, du moins ne me fais pas miroiter l'espoir d'un doux mirage.

« Conduis-moi vers ton temple, qu'à ton invisible présence je m'assemble. Montre-moi quelques beaux exemples, que je sache à quoi tu ressembles. Moi qui suis sans guide, guide mes pas, pour qu'une fois guidé je trouve une raison d'avoir la foi. »

Je ne parlais pas la langue de la région. Je ne savais pas où trouver Jérusalem et le mont

Sion[1]. Je me suis donc résolu à toujours marcher vers les endroits qui étaient beaux. Pourquoi pas vers ce majestueux château, ou ce lac brillant comme mille cristaux ?

Poussé par le vent et ses invisibles courants, quelqu'un venait à moi depuis les eaux. Comme Jésus il y a plus de mille ans, il survolait l'eau sans bateau.

À première vue, j'ai cru voir un menaçant faucon. Et puis le faucon s'est transformé en pigeon. Encore là, ce n'était qu'une fausse impression :

« Viens avec moi quelques instants, petit papillon. Alors que je manquais d'inspiration, tu m'as donné l'idée de ma prochaine chanson. Je te surveille depuis ma position, et toi aussi tu tournes en rond. Même si tu ne peux pas me parler, je sais que vers la Vérité tu peux encore me guider. Fais-moi visiter ton comté. Fais-moi vivre un petit congé.

---

1   Dans la Bible, le mont Sion désigne la ville sainte de Jérusalem, « la fille de Sion » étant sa population.

« Voyageons ! Marchons ! Même si c'est à tâtons, avançons ! Approchons-nous de cette étoile féérique, et de sa voisine la nébuleuse galactique ! Accompagnons cet oiseau au chant sympathique. Suivons-le vers ce nuage blanc comme l'Arctique. Si la Terre Sainte est vraiment sainte, elle est certainement au bout d'un chemin magnifique. »

Oui ! La Fontaine de Jouvence est au centre d'un jardin coloré. Le grand tombeau de Pharaon est à la fin d'un tunnel décoré. C'est en traversant une longue galerie d'art qu'on se rend aux appartements de Son Altesse. En avant, tel le buste d'un roi surmonté d'une couronne, la sculpture d'une cité coiffée d'une forteresse. À droite, aussi belle qu'une princesse, la peinture d'une province. À gauche, le portrait d'un paysage remplace le visage d'un prince. Tout autour des limites continentales, la mer prend la place des vitrines de cristal.

Le papillon, qui comme moi paraissait de bonne humeur, me guidait avec zèle. Il s'est posé sur une fleur, dont les pétales ressemblaient à une collection de petites ailes. J'en ai respiré le parfum, qu'immédiatement j'ai baptisé du nom du mois de juin. C'était d'ailleurs l'été. L'air était bon à respirer. Il donnait le goût de s'envoler.

Le vent, d'abord pressé, s'est finalement arrêté. Je lui avais donné envie de rester. D'un autre parfum il était chargé, et c'est avec moi qu'il voulait le partager :

« Petit voyageur ! En cas de doute, va vers le beau. Marche vers le haut, vers ce que tu vaux. Tu iras là où tu regarderas. Ta foi se définira par les choses que tu choisiras ou ne choisiras pas.

« Tes jambes suivront la direction de tes yeux. Par temps ténébreux, un cœur de feu cherche ce qui est lumineux. Par temps pluvieux, un corps valeureux cherche un endroit chaleureux. Que le courage soit ton invincible armure, ton saint manteau. Que la Vérité soit ton intime flambeau, pour que partout où tu ailles, il fasse beau et chaud.

« Pèlerin ! Tu t'es laissé charmer par de vilaines ruses. Ta tête est confuse ; laisse donc ton cœur être ta muse[2]. Laisse tes yeux te guider vers le merveilleux. Trouve une rivière brillante, et suis son courant. Trouve une montagne imposante, et retrouve son autre versant.

« Si tu es prisonnier dans une prison isolée, regarde les nuages passer. Si tu es pris sous le

---

2   Une muse est généralement une personne inspirant un poète ou un créateur artistique. Dans la tradition, elle est souvent représentée sous les traits d'une femme. Dans la mythologie grecque, les muses étaient neuf filles de Zeus. Elles étaient les inspirations de divers aspects de la pensée créatrice et intellectuelle. Ainsi il y avait Calliope (la voix), Clio (l'histoire de l'humanité), Érato (le romantisme), Euterpe (la musique), Melpomène (la poésie profonde et sérieuse), Polymnie (la rhétorique), Terpsichore (la danse), Thalie (la comédie) et Uranie (l'astrologie/astronomie).

À l'origine, toujours selon la mythologie, les muses auraient été au nombre de trois : Aédé (le chant et la voix), Mélété (la méditation), et Mnémé (la mémoire). Ces trois muses originelles donnaient leur nom aux trois premières cordes d'une lyre, l'harmonie des trois créant la beauté.

Le concept ou l'idée des muses a évolué selon les auteurs et les époques. Certains en comptaient cinq, d'autres quatre, chaque muse représentant une discipline intellectuelle ou créatrice fondamentale.

joug d'un tyran, observe les oiseaux et écoute leur chant. Si tu te sens seul et solitaire, rappelle-toi que tu es entouré par des univers. Si tu es orphelin, souviens-toi de ton autre père, c'est-à-dire moi. Dans mes magnifiques jardins je t'attends. Ils sont si beaux et luxuriants. C'est pour cela que je ne viens pas à toi. »

Quand je suis sur le point de perdre la foi, ou qu'une mauvaise chose j'aperçois, je sors un instrument et je chantonne avec le vent.

Un cœur qui bât est un cœur qui croit. Celui qui comprend la musique a déjà la moitié de la foi. Chanter c'est prier. Aimer la beauté, c'est être adepte de spiritualité. Entendre chanter c'est écouter la Vérité.

Un bon matin, alors que le vent valsait avec quelques pins, je suis entré dans une forêt. L'air était frais. Entre les branches, des oiseaux chantaient un beau cantique. Ce n'était pas dimanche, et pourtant j'assistais à une messe publique. Éclairant mon visage, le soleil est lui aussi venu écouter, tout comme ces nuages, qui s'ennuyaient au-dessus des cités.

Les musiciens sont des magiciens au service du divin. Chaque partition est un chemin balisé vers les cieux, une échelle graduée vers les célestes lieux. La musique est ma religion. La beauté est l'hymne national du Parthénon[3], sa sublime expression. Elle est le langage du Seigneur, comme la langue qui est le prolongement du cœur.

Les musiciens d'un orchestre sont tels les serviteurs d'une muette sagesse. Ils sont les prophètes du Créateur. Un orchestre est une armée divine, une troupe qui sans mots répand la foi et conquiert les cœurs. Les instruments de musique sont des armes de conquête spiritu-

---

[3]   Le Parthénon est un célèbre monument de la Grèce Antique. Situé sur un plateau dominant la ville d'Athènes, il est le symbole de la divinité protégeant la communauté depuis les hauteurs.

elle. Leurs projectiles contournent les remparts des citadelles, infiltrent jusqu'aux meurtrières mortelles. Leurs sons traversent le blindage des portes, évitent le cadrage des fenêtres. Sans coups visés ils atteignent toutes les têtes, évitent la trajectoire des traits des arbalètes.

« Comme celui qui regarde son amoureuse et en retombe amoureux, en cas de doute, regarde le beau, et tu croiras de nouveau. »

C'est ainsi qu'aux intersections, je décidais quel parcours m'offrait la plus belle impression. Il arrivait que je me trouve au fond d'un parcours sans issues, par exemple au sommet d'un majestueux ravin, ou encore au centre d'un luxuriant jardin. Revenant sur mes pas, je remerciais le destin de me forcer à admirer le même beau chemin. J'étais content d'assister au même beau refrain. J'étais tel un vagabond rempli d'allégresse et heureux de se perdre dans les complexes jardins d'une duchesse.

« Les détours sont nécessaires à notre par-

cours. Le fond d'un chemin n'est que la continuité de notre destin. Le fond d'une route
n'est pour moi que le fond d'un musée que
je peux revisiter en toute gratuité. Je voyage
dans l'exposition racontant ma propre épopée.
Chaque chose que je vois, par la façon que je la
regarde, me renvoie une image de moi. Je suis ce
que je choisis. Je suis ce que je choisis d'aimer.
Je suis où je choisis d'aller. Je m'assemble à ce
qui me ressemble.

« Vaut mieux prendre un long et beau parcours, que terminer son voyage par le chemin
le plus court. Le but d'une expédition n'est pas
la destination, mais la route que nous utilisons.
La vie est comme un repas qu'il nous faut dé-
guster et non seulement terminer. Un pèlerinage ne commence pas en Terre Sacrée. »

Chaque journée était une nouveauté. Chaque
coucher du soleil était un parfait dégradé, un
reflet de cette terre d'où nous viennent tous les
étés. Chaque soirée était un déploiement digne
d'un conte de fées. Je dormais à proximité des

grandes cités. Je traversais les étendues privées de grandes personnalités. Je conquérais les terrains de chasse de nobles cavaliers.

Mon lit était tissé au centre de vastes champs d'orge. Le soleil était ma matinale horloge. Je décidais à quel moment il était midi. Je pouvais prolonger vendredi au-delà de minuit. Je pouvais remplacer lundi par samedi.

Le matin, alors que la noirceur devenait limpide, mon ventre et ma bouche étaient quant à eux souvent vides. La soif m'avait alors sous son emprise. La gourmandise était mon guide, la faim ma hantise. L'odeur des fours à pain s'évadait comme la fumée d'une forge, dansant ensuite avec les arômes sortant des pierres de ces profondes gorges. La fumée se mélangeait à la rosée. Le spectre des saveurs croisait le spectre de la lumière.

Chaque épice faisait naître un nouveau caprice. Les couleurs se confondaient avec les odeurs. Le parfum des roses se liait à la douceur des premières lueurs. Le rouge du ciel s'alliait à la fraîcheur des cerises. Recouvert par l'eau de la rosée, le paysage devenait une petite Venise[4]. À la recherche d'une nouvelle capitale, je levais l'ancre d'entre cette encre de cristal. Inspiré par l'effleurement de la brise, une branche à la main j'avançais entre les villes telle une barque solitaire près de la forme des banquises. Le soleil redevenait alors ma lumineuse balise. Je marchais vers sa brillance. J'allais vers les Jardins de l'Abondance.

Comme un navire restant au large, j'avançais entre les villages. J'étais tel un amoureux marchant à distance d'une jolie demoiselle. Le jour, je suivais sa beauté à la manière d'une abeille autour d'un amas de miel. La nuit, je me guidais d'après son parfum à la citronnelle.

Je marchais les pieds nus, je labourais la terre sans charrue. Chaque sillon était une longue rue vers l'imprévu. J'avançais tel un bateau heureux

---

4   Venise est une ville au nord-est de l'Italie. Elle est connue pour ses « routes » d'eau sur lesquelles naviguent des barques aux allures romantiques.

d'être perdu. C'est en se perdant et en faisant des erreurs que des continents ont été trouvés par des explorateurs[5].

Chaque nuit je rêvais plus loin que ne porte la vue. Le monde entier était une magnifique avenue. La beauté, dans sa diversité, se présentait à moi comme dans un vaste menu. À chaque début de journée, la nature se mettait en grande tenue. Les grandes et petites choses me souhaitaient la bienvenue.

Chaque jour j'admirais ce que me présentait la vie. Chaque heure je contemplais cent œuvres de génie. À gauche, la sculpture d'une colonie de fourmis. À droite, l'écorce des arbres ressemblait à une fine tapisserie. En avant, le soleil de l'après-midi me guidait vers mon prochain paradis. À l'approche d'une tempête, le vent me poussait vers un petit abri.

J'allais vers mon dernier Domicile. J'étais à la recherche de mon Île. Vers les Hauteurs,

---

5   Christophe Colomb a découvert l'Amérique en cherchant une route vers les Indes.

vers la Source je remontais l'éternel courant du Nil[6]. Je cherchais moi aussi la terre sacrée de la Palestine, la Terre Promise, le Croissant Fertile[7]. J'étais à la quête de ce pays où les grands sont chaque jour comme des enfants. En ce lieu où ceux qui ont grandi redeviennent des tout-petits. Là où tous les soirs recommence Noël. J'étais à la quête d'Israël, *le pays où coulent le lait et le miel*[8].

J'étais tel un petit bateau avançant au milieu de minces ruisseaux. Je voyageais entre l'air et la terre. Je traversais les ténèbres et la lumière. Je marchais au centre du levant et du couchant.

---

6   Avec l'Amazone au Brésil, le Nil est le plus long fleuve au monde. Il traverse l'Égypte du sud vers le nord. À l'époque des pharaons, le Nil était considéré comme un fleuve sacré.

7   Le Croissant fertile est une région géographique, et le berceau de la civilisation. Sur la carte, il a une forme d'*U* inversé, d'où son nom. Il comprend entre autres les États actuels d'Israël, du Liban et d'Irak. C'est dans le Croissant Fertile que se sont établis certains des premiers campements agraires. Jérusalem se trouve dans cette région.

8   Exode 3 : 8   Je suis descendu pour le (peuple élu) délivrer de la main des Égyptiens, et pour le faire monter de ce pays dans un bon et vaste pays, dans un pays où coulent le lait et le miel, dans les lieux qu'habitent les Cananéens, les Héthiens, les Amoréens, les Phéréziens, les Héviens et les Jébusiens.

Je suivais les parfums comme un navire sans rame ni voile suivant les courants. Je remontais le vent à la conquête du Nouveau Continent. J'espérais trouver les épices d'un port odorant[9].

Mon corps était un voilier aspiré par l'air parfumé. Mes poumons étaient deux voiles gonflées. Mes jambes étaient deux rames sur le côté. Je franchissais les montagnes comme sur des vagues millénaires soulevées par les souterrains de la terre. Je cultivais les fruits comme on pêche les poissons de la mer[10].

Entre deux nuits, j'avais coutume de prendre une tige de blé et de la mâcher jusqu'à minuit. J'aimais ce pays. Même si j'étais d'une autre patrie, peu importe l'endroit, j'avais l'impression qu'à chaque fois je revenais chez moi.

À l'ombre d'un peuplier, dans la cour isolée

---

9   Rappelons-nous que c'est pour établir une nouvelle route vers le marché des épices des Indes que Christophe Colomb a entrepris son voyage le menant à la découverte des Amériques.

10   L'allégorie du navire est souvent employée dans la tradition chrétienne, tout comme dans plusieurs autres traditions, dont celle des pharaons d'Égypte.

d'une chapelle, j'avais trouvé la tombe d'un étranger venu vivre et mourir dans ce pays. Elle était inscrite en français : *là où je suis bien, là est ma patrie[11]*.

J'étais libre. Entre l'inconnu et l'imprévu je marchais en équilibre. L'éternel bonheur était ma cible. J'étais dans un voyage où tout était possible. Chaque province était ma nouvelle famille. Le monde entier était ma maison, mon intime domicile.

Les lacs étaient des bains privés que je louais sans demander ni payer. On m'ouvrait chaque soir les portes de la suite royale. J'avais de plus grandes fenêtres que celles d'un palais impérial. Ma terrasse était d'envergure continentale. Les falaises formaient ma collection de balcons. Oui ! Des rivières coulaient au milieu de mes chambres et de mes nombreuses maisons.

Je marchais sur la terre et sous le ciel. À l'horizon je voyais le contour des châteaux et

---

11   Proverbe d'origine inconnue.

des tourelles. Tenus en équilibre par les forces de l'univers, les astres flottaient pour moi tels de gigantesques luminaires. Labouré par le vent, entretenu par la pluie du firmament, mon jardin avait la taille d'un continent.

Mes sens se réjouissaient. Mes yeux regardaient. Mon nez sentait. Ma peau touchait. Ma bouche goûtait. Mon cœur me guidait. Mais une fois rendu au pays de minuit, je m'orientais surtout selon mon ouïe. Il y avait toujours quelqu'un qui, au loin, jouait une belle mélodie. Même dans le sombre royaume de l'oubli, il y a un oiseau de nuit, qui du ciel nous rappelle la direction du paradis.

Les étoiles étaient mes voisines. La lune, cette ponctuelle lanterne, était ma proche cousine. Quand à son tour elle se couchait, je m'étendais entre les sillons d'un champ de vigne. La tête sur une accueillante racine, je m'endormais en chantant une enfantine comptine.

Je devenais ainsi l'ami d'un arbre inconnu. Comme oreiller j'utilisais la mousse d'un rocher barbu. Ou bien c'était une racine chenue, qui du sol sortait tel le genou exposé d'un grand nu. Légèrement au-dessus, en symétrie des racines du dessous, une branche tordue était souvent suspendue. Elle me protégeait comme la main d'un géant sortant des profondeurs, la pièce unique d'un sculpteur.

Chaque nouveau pas, chaque nouveau regard dévoilaient une nouvelle peinture. Les chutes tombaient des falaises à la manière de fontaines s'écoulant sur le dos de gigantesques sculptures. Le ciel lumineux était ma toiture. Ses lanternes s'allumaient chaque soir, alors que se termine le règne de l'azur. Sous les astres de cristal de ce céleste voile, j'étais plus serein que dans une auberge cinq étoiles.

Dans l'ombre de la pénombre, la lumière des étoiles pratiquait des milliers de brèches. Comme l'enfant Jésus sur l'herbe de la crèche, je dormais sur le blé à la manière d'un roi sur son lit brodé de fils dorés. J'aimais m'allonger contre le tronc d'un olivier. Parfois, c'était dans un champ d'orge, d'avoine ou de blé. Je me rappelle de ces nuits où les tiges dépassaient de chaque côté. Tel un lit de clous cette fois-ci confortable, les aiguilles pointaient et regardaient elles aussi vers le ciel d'été. Elles attendaient le soleil pour pousser, comme moi qui attendais le jour pour me lever.

Je ne comptais plus les heures. Je suivais la cadence et les inclinaisons de mon cœur. Du temps je n'avais plus aucune notion. Les jours n'avaient plus de nom. Lundi n'était plus lundi. Chaque jour s'appelait aujourd'hui. Chaque journée était le synonyme de vendredi. Mon calendrier n'était composé que de jours fériés. L'aube annonçait la naissance d'un petit été. Chaque matinée était la porte d'entrée d'un nouvel univers à visiter, le début d'un congé ensoleillé. Chaque lever était le commencement d'un voyage vers les tropiques, la promesse d'une aventure épique.

Les jours de pluie étaient autant de nouveaux baptêmes. Chaque journée était rebaptisée par un nouveau nom, un nouveau thème. Mercredi et jeudi portaient ainsi de nouvelles appellations chaque semaine. Sans demander, je pouvais recommencer ma journée, il suffisait que je l'aime :

« Aujourd'hui est le jour des champs d'avoine au bord de la falaise.

« Aujourd'hui est la journée des fraises.

« Aujourd'hui est le jour des vignes sortant de la fraîcheur de la glaise.

« Aujourd'hui est le jour des champs d'orge tapissant la campagne.

« Aujourd'hui est le jour des plantations d'oliviers quadrillant les montagnes.

« Aujourd'hui, j'ai dû modifier les mélodies de ma guitare, car un papillon était juché sur la corde du dessus. Le déranger je n'aurais jamais voulu. J'ai donc décidé d'héberger cet impromptu inconnu.

«Aujourd'hui est le jour de cette petite maison de pierres sur la montagne, probablement la demeure d'un sage. Une petite cheminée dépassait de la maisonnée telle une tour aux multiples étages. Une tour de fumée dépassait de la cheminée et s'agrippait aux nuages. Ah! Si je pouvais y vivre pendant quelques mois, ici s'arrêterait mon pèlerinage!

«Aujourd'hui, il a plu tout l'avant-midi. J'aime la pluie, surtout si elle persiste au-delà de minuit. Je la trouve calme et sereine. Elle charme et remplit mon âme à la manière du chant d'une aquatique sirène. Elle est telle une longue et magique mélodie, une percussion sous laquelle j'aime attendre la fin de la nuit.

«Ce matin, j'ai vu une belle jeune fille au teint de cuivre. Ses yeux brillaient comme le blanc du givre. Ses cheveux étaient aussi noirs que la nuit. Sa peau semblait plus douce qu'un papier de riz.

«Elle étendait du linge depuis son balcon. J'aurais aimé la rencontrer, mais dans le cœur d'une femme, on ne peut entrer sans être de l'intérieur invité. Autrement il est vain de cogner et d'insister. »

J'ai pensé : chaque chose, par la façon qu'on la regarde, nous renvoie une image de nous-mêmes.

J'étais sous le règne de celle que je voyais comme une reine. Dominé par la gêne, je suis me suis assis à distance, à l'ombre d'un grand chêne :

«Monsieur le Vent, je m'en vais dans quelques instants. Une fois que je serai parti, pourrais-tu transporter cette mélodie? Pourrais-tu tourner autour de cette maison, l'envelopper d'une perpétuelle chanson? Fais que le son de mes partitions soit sa nouvelle clôture. Ceinture cette demeure d'une répétition de sons parfaits. »

Admirant celle qui n'avait jamais entendu

mon nom, je lui ai dédié une chanson. Je ne connaissais même pas son prénom. J'ai l'ai donc appelé Ariane. Ariane est un beau nom. Adieu, Ariane.

« Aujourd'hui à midi, ma guitare émettait un son étrange. Des oiseaux y habitaient comme des petits anges. Ils hurlaient et voulaient sortir de la caisse de résonance. Ils attendaient comme moi le calme de la délivrance. Le son agréable de la musique les avait attirés à la manière d'un appât tentant. Les cordes étaient comme les barreaux d'une prison les retenant. En les agitant et les écartant, les petits sont repartis en chantant.

« Cette nuit, dans cet arbre je dormirai. J'allongerai une jambe sur une branche inclinée. L'autre pendra dans le vide tel un métronome au balancement rythmé. Une tige de blé entre les dents, une lune géante en arrière-plan, entre le tracé des feuilles j'étudierai le firmament. Le nom des constellations j'apprendrai. Je compterai les étoiles et je recommencerai. »

Le ciel tournait et défilait. Une histoire il me racontait. J'étudiais la forme des constellations, cette lumineuse tapisserie recouvrant les voûtes du Parthénon :

On voyait le Serpent encercler ses victimes comme un menaçant tourbillon. Hercule construisait des ponts entre les étoiles des constellations. Orion chassait le brave Lion, mais était vaincu par le dard du petit Scorpion. Mars rencontrait Vénus ; la Colombe volait entre Jupiter et Uranus. Et moi, les yeux ouverts, je rêvais sous le croissant de lune. Depuis la terre, mon regard touchait la surface de Neptune ; mes doigts se posaient sur les anneaux de Saturne.

Je volais entre les beautés stellaires que m'offrait gratuitement l'univers. Le ciel est un gigantesque spectacle joué en plein air. Les nuages sont tels de grands rideaux tissés de gouttes d'eau.

« Oui ! Sans dormir, je jouerai toute la nuitée, et le lendemain je ne serai pas fatigué. Ce-

lui qui est heureux est impatient de se réveiller.
Il a hâte de commencer la prochaine matinée.
Aujourd'hui est le premier jour du reste de notre vie[12].
Chaque réveil est le début d'un rêve où tout
est permis. Le brouillard matinal est le signal
de départ d'un voyage dans les nuages, une
étape vers la conquête d'un sommet au-dessus
des orages. Telle est l'image que je me fais d'un
saint pèlerinage.

«Cette nuit, non plus, je ne peux trouver
le sommeil. Des étoiles filantes pleuvent à la
manière de mille petits soleils. Même s'il n'y
a pas d'orages, elles sortent de la Voie Lactée
telles des éclairs traversant un long nuage.

«Elles sont telles de belles cicatrices sur
le céleste visage. Elles glissent comme des
pinceaux à la couleur du feu, des stigmates
dessinés par les dieux. Elles sont semblables à
de brûlants projectiles divisant les cieux ; des
flèches de feu projetées par l'arc du Sagittaire,
traversant le Dragon et l'horizon, pour finale-

---

12   Étienne Daho

ment s'éteindre sur le trident de Poséidon, le dieu de la mer[13]. »

Les étoiles filantes viennent d'univers distants. Elles nous sont destinées depuis la nuit des temps. Elles ne durent pourtant que quelques instants. Il ne tient qu'à nous de profiter de ces beaux moments.

« Cette nuit, encore, il pleut trop fort. La pluie a remplacé les étoiles brillantes, la foudre les étoiles filantes. J'aime les éclairs. Ils sont terrifiants et magnifiques comme des déesses éphémères. Les anciens les confondaient d'ailleurs pour des divinités, les craignant comme de rugissantes guerrières.

« Cet après-midi, dans les ruines d'une vieille écurie, j'ai trouvé un cheval à l'apparence sauvage. L'Espagne est chantée pour ses chevaux et ses prés. Pendant que je dormais dans le fourrage, l'animal est venu manger le foin à mes côtés. Par le son de ma guitare, je l'ai ap-

---

13   Le Sagittaire et le Dragon sont deux constellations du ciel.

privoisé. C'est alors qu'il s'est assis, m'invitant à devenir son nouveau cavalier.

«Sans même le guider, l'étalon a commencé à avancer. Les cordes de mon instrument étaient les nouvelles rênes de cette bête jusqu'alors abandonnée. Il marchait. Je chantais. Ensemble nous avons avancé. Nous avons voyagé toute une journée vers le soleil couchant que nous tentions de rattraper. Le lendemain, nous étions dans les jardins privés d'une fastueuse propriété. Un adolescent est venu chercher son ami depuis longtemps égaré. Je suis reparti en jouant, avant même, je ne peux en douter, que le jeune homme ne puisse me remercier.

«Remerciez-moi en étant heureux, j'ai alors pensé. »

Je suis ainsi parti vers d'autres cieux. Je voulais moi aussi être retrouvé par des amis oubliés.

Le destin me perdait dans un chemin à l'apparence aléatoire. Je basculais entre bâbord et tribord. Chaque soir, à mille merveilles je disais au revoir. Par-dessus bord je jetais la promesse de cent trésors. Je cherchais mieux encore. J'étais à la quête du grand Livre d'Or ; celui qu'un cœur pur peut trouver sans trop d'effort, mais qu'un puissant ne pourrait acheter avec dix milliards de dollars, enverrait-il ses espions faire la tournée de toutes les foires.

Je devais traverser l'Espagne et trouver un port. Mon intention était de continuer en Afrique du Nord. La France je n'allais peut-être jamais revoir, elle qui avait étrangement été enlevée du coffre-fort de ma mémoire.

J'étais un croyant simple et innocent. Seul et sans arme j'avançais à la conquête de cette terre qu'on appelait celle des ennemis musulmans.

Pour l'instant, j'étais encore au pays des gitans. Je traversais la patrie de la guitare romantique[14]. Je ne parlais cependant aucun langage ibérique. Ma langue ne connaissait que le dialecte magique de la musique. Je ne savais chanter que des cantiques. Je ne pouvais produire que de l'acoustique.

Je n'étais pas expert de la science écrite ou syllabique. Mais un chanteur n'a pas besoin de savoir parler, il n'a qu'à chanter et à jouer.

---

14   L'Espagne est connue pour la guitare et son folklore.

L'hiver

Sud de l'Espagne

D'abord désorienté, le voyageur sans nom avait trouvé un chemin vers la Terre Sacrée. Car si sa tête ne savait plus quoi penser, son cœur se laissait guider par la beauté. Cette dernière l'avait amené à l'entrée d'une cité...

Depuis le début, le petit aventurier marchait seul entre les vignes et les villes du pays. De l'Espagne, il n'avait jusqu'alors foulé que ses prairies. Depuis le commencement de cette croisade pacifique, les champs avaient suffi à la survie. La récolte était cependant finie. L'été s'était évanoui.

Ayant sans le savoir contourné Barcelone et Madrid, le musicien se rendait maintenant vers les régions du midi. Le voyageur sans nom entrait dans la province d'Andalousie.

« Ô toi qui le septième jour t'es reposé pour nous laisser un peu travailler et ainsi mériter ce que tu nous as donné : te chercher est comme marcher vers un trésor dont le chemin est une succession de merveilles. Oui! Tu as balisé mon petit sentier entre les étoiles du ciel.

« Tes nombreux indices me gardent loin des dangers. Tu me fais éviter les rivières au courant trop agité. La nuit tu m'aides à contourner le bord des falaises accidentées. Quand il fait trop chaud, je n'ai qu'à suivre l'ombre des rangées de peupliers. Quand il pleut trop, entre les nuages tu tailles une faille ensoleillée.

« Toi qui es au-dessus des gouverneurs et des empereurs ; toi qui as autorité sur les terres habitées : j'ai remarqué que tu me fais toujours marcher en-dehors des murs des cités. De près je n'ai jamais pu les admirer. De loin ils sont difficiles à repérer. Même le jour je n'arrive que trop rarement à les trouver. Tu as donc voulu que je voyage en solitaire, ne me faisant voisin que de la terre, des pierres et des rivières.

« Pourquoi me placer maintenant à proximité d'une ville habitée ? Avec qui veux-tu que je me lie d'amitié ? Peut-être voudrais-tu me montrer l'exemple à éviter ? »

Le vent, qui tournoyait au-dessus d'une série de crêtes, est ensuite revenu en orbite autour de ma tête :

« Depuis le début, tu as cherché seul le chemin de la foi. Tu as ainsi toujours trouvé la juste voie. Mais il est difficile de survivre isolé sur une île. Tu dois maintenant entrer dans cette ville, et y découvrir ta nouvelle famille. Face à une faible brise, une flamme solitaire vacille. Mais des petites flammes, si elles s'unissent, deviennent un feu que même un ouragan ne peut éteindre. Si tous les braves s'alliaient, devant les brigades de l'enfer ils n'auraient plus rien à craindre.

« Comme toutes les formes de richesse, la sagesse se trouve plus facilement lorsqu'on est bien entouré. Seul on peut quand même avancer, mais on traverse la mer plus rapidement en étant plusieurs à ramer. Les âmes solitaires peuvent se noyer, si quand elles sont fatiguées elles n'ont personne à s'accrocher. Quant à celui qui découvrirait seul toute la Vérité, je le mettrais d'autant plus sur le chemin des âmes perdues, pour qu'il les ramène ainsi sur le sentier des élus.

« Celui qui veut voyager sans compagnon doit avoir de grandes provisions. Je vous ai réunis pour une raison. C'est par l'union qu'on bâtit un temple digne de mon nom. Cent nains accomplissent davantage qu'un géant n'ayant que deux mains. Une colonie de fourmis peut élever une pyramide plus haute qu'un humain.

« Il est presque impossible de faire entièrement seul son odyssée. Même si tu n'as nul besoin de ramer, même si par le vent tu te laisses porter, il faut un équipage pour manœuvrer ton voilier. Sauf, bien sûr, si tu ne veux aller qu'à côté.

« Mais toi tu veux venir à mes côtés, toucher les côtes dorées des terres de l'éternel soleil d'été. Depuis le début, l'Espagne et ses campagnes t'ont aidé. Tu as maintenant besoin des Espagnols et de leurs cités. »

Ce matin-là, comme un deuxième lever du soleil, au-dessus de l'horizon est apparu le reflet cuivré du toit d'un clocher. Mais la brume est ensuite tombée. Telle une épaisse nuit blanche, elle cachait l'éclat de cette balise de la destinée. J'avais perdu la trace de la beauté.

« Ô toi qui commande l'atmosphère : tu m'éclaires et puis tu me perds. Tu me guides et tu m'égares. Tu me presses et tu me fais prendre du retard. Tu me pousses et tu me retiens. Tu me brusques et tu t'abstiens. Tu me charmes et tu t'éloignes. Tu me soignes, et tu regardes couler mes larmes.

« Pourquoi caches-tu si souvent la lumière venue des cieux? Pourquoi protèges-tu les hauts sommets par un sentier nuageux? Si je ne peux plus te voir, par un autre moyen fais que je puisse encore te percevoir. Si tu crois en moi, fais qu'en toi je puisse encore croire. »

Le vent s'était mis à souffler, au point de commencer à siffler. Malgré cela, la brume n'avait pas été chassée.

« Petit aventurier! J'ai plusieurs façons de me manifester. Celui qui ne peut pas regarder peut encore écouter. Depuis l'obscurité, les Terres Oubliées tenteront de te rappeler par l'appel de chants sacrés. En avant, la symphonie d'un sanctuaire d'oiseaux. À droite, la percussion des sabots de nobles chevaux. À gauche, le chuchotement venant de l'écoulement d'une rivière. En arrière, telle une douce main poussant sur ton dos, l'encouragement du vent soufflant dans l'air.

« Le Monde Invisible t'envoie des signes visibles. Malheureusement, pour le grand nombre ils sont de nos jours à peine perceptibles. Tu peux encore trouver ton chemin, mais pour cela tu dois être attentif. Sur le destin de chaque explorateur sont placés de multiples indices. »

C'est alors qu'à travers le brouillard, j'ai entendu les percussions d'un carillon. Les cieux m'envoyaient enfin l'indication de ma prochaine destination. De l'invisible chapelle résonnait une mélodie annonciatrice de bonnes nouvelles[1].

À chacune des heures, j'étais témoin de la symphonie sacrée venant de ce monde encore

---

1   Le message chrétien est souvent comparé à une « bonne nouvelle ».

caché. J'ai alors pensé à ce refrain qui chaque jour me guide vers mon destin :

« Si tu viens à douter, si tu penses t'être égaré, va sans hésiter vers la beauté. Même si de chemin tu te trompes, tu seras tout de même heureux jusqu'au moment de t'en rendre compte. Et pourtant, tu ne fais pas erreur. Un prisonnier condamné peut encore s'évader en rêvant au bonheur. »

Même si mes yeux ne voyaient rien, je me dirigeais vers le clocher chrétien. À la manière d'un navire perdu dans le brouillard, je me guidais d'après la sirène d'un phare. Je reprenais espoir.

Après peu de temps, l'arche des portes de Cordoue défilait entre moi et le firmament. Il était tard. Il me fallait manger. Il me fallait boire. Me nourrir était mon plus pressant devoir. Je ne goûtais ni repos ni repas. Et sans repas il n'y aurait pour moi aucun repos. Il me fallait un lit pour me reposer, un toit pour me protéger, mais surtout, il me fallait un ami pour m'aider.

On ne voyait plus de champs remplis de raisins sucrés, ni de montagnes recouvertes d'oliviers. Il n'y avait plus de blé sur lequel se coucher, ni de ruisseaux pour m'abreuver. Il commençait, pour moi aussi, le mois du ramadan, même si je n'étais pas musulman[2].

« Maître du ciel et de la terre, administrateur de tous les univers : une fois venus l'hiver et la misère, il est bien difficile de subsister en solitaire. Pendant qu'il faisait chaud, chaque jour était un nouveau cadeau. Maintenant, j'ai peine à trouver ne serait-ce que quelques heures de repos. »

J'ai pensé à cette sage parole d'autrefois : *de-*

---

2   Le ramadan est une fête musulmane. Pendant cette période d'un mois par année, les fidèles ne doivent pas manger, boire ou avoir de relations sexuelles pendant les heures ensoleillées. Cette privation est censée entraîner une appréciation des bienfaits de la vie qu'on considère trop souvent comme acquis.

mandez et vous recevrez. Cognez et on vous répondra[3].
Qui veut vraiment la foi la trouvera.

Insatisfait, je marchais sans arrêt. Je demandais, mais aucune âme ne me répondait. Je cognais aux portes, mais aucune ne s'ouvrait. Je quémandais l'aide des passants, mais ils allaient leur chemin sans même me regarder. Je voulais manger, mais je ne savais comment demander. Je sentais l'odeur des bons repas sans pouvoir y goûter. Je pressentais la bonté des gens sans pouvoir les aborder. J'étais comme un jeune homme tombant amoureux d'une inconnue à qui il ne peut parler. Je ressemblais à un animal affamé qui ne sait comment se faire écouter. Mais même les chiens finissent par être compris, et on leur donne à manger.

Je ne parlais pas la langue de l'endroit que je visitais. Je ne comprenais ni l'arabe ni l'espagnol, je ne connaissais que le français. Je parlais et j'entendais, mais je restais tel un sourd et muet.

---

3   Luc 11 : 9   Et moi, je vous dis : demandez, et l'on vous donnera; cherchez, et vous trouverez; frappez, et l'on vous ouvrira.

Fallait-il que je retourne chez moi ? Fallait-il que je vende ma guitare et mes instruments ? Au moins je possèderais encore ma voix.

J'avais espéré trouver l'hospitalité d'une ville. Je me sentais maintenant en pays hostile. Les murs de la cité m'apparaissaient comme d'hermétiques fortifications. Chaque maison était tel un petit bastion. Je marchais dans la ville de l'Incompréhension. Une rue portait même le nom d'Appréhension. Le grand boulevard, qui normalement devrait conduire aux marches du Parthénon, s'appelait la Grande Division.

« Ô toi qui me guides vers mes nouveaux guides, pourquoi m'emmènes-tu vers ce vide ? Pourquoi me présenter à cette communauté dont je ne comprends pas le dialecte ? Elle ne saurait me parler, encore moins me diriger, fut 'elle la capitale de tous les prophètes. »

Entre les murs blancs de deux quartiers, en suivant une rue peu fréquentée, j'avais finalement retrouvé la forme du beau clocher. J'avais découvert une ambassade de la foi, une maison qui en terre étrangère était un peu mon chez-moi.

« Voilà donc ceux que tu veux que je rencontre. En effet, dans ce temple chrétien je ne vivrai pas dans la honte. Ici personne ne me demandera des comptes. Je pourrai enfin manger. Je pourrai enfin me reposer. »

Dans le reste de la ville, je me sentais tel un ermite isolé sur une perpétuelle île mobile. J'étais maintenant protégé par les murs d'une sainte bastille.

Or, à l'intérieur, des personnes avaient l'apparence de prisonniers. Certains vitraux étaient placardés. Certaines portes étaient scellées de pierres cimentées. L'endroit ressemblait à un château assiégé. Malgré cela, sans arme on pouvait y entrer. Les portes n'étaient pas gardées.

À mes côtés se promenait un petit courant d'air. Il était accompagné par un mince faisceau de lumière :

« Dans peu de temps mon papa, le soleil, s'en ira. Entre ces murs tu ne pourras bientôt plus entendre notre voix. Si tu restes ici, tu mourras. Les cieux cesseront de t'éclairer. Tu ne trouveras rien à manger, tu n'auras rien à boire. Après quelques mois, ton corps n'aura plus envie de manger, et ton cœur ne cherchera plus à boire. Sans le savoir, tu seras déjà mort.

« Ces murs ne laissent pas traverser la lumière. Et aucune pousse ne poussera de ce plancher de pierres.

« Cette prison n'est pas ton Domicile. Vaux mieux quatre horizons de terre que quatre murs de pierre. La vraie vie est dehors, parmi les montagnes, les forêts et les rivières. Rejoins-moi dans le Temple de la Lumière. »

Je suis donc sorti de l'église fortifiée, explorer la cour qui y était rattachée. C'était en fait un parc peuplé par une variété d'arbres fruitiers.

Ce temple était construit en plein air, à même l'immensité de la nature. Des arbres sortaient de la pierre. La cour était encadrée par quatre murs et une voûte au parfait azur.

Étrangement, même si c'était l'hiver, les arbres portaient des fruits mûrs. Même les feuilles avaient conservé leurs teintes de vert, enveloppant les arbres dans ce qui ressemblait à des manteaux de fourrure. Ces feuilles n'étaient pas tombées sur les fleurs du parterre, dont les couleurs s'ajoutaient à cette noble architecture.

Marchant comme un général au centre de ses soldats, je suis allé inspecter quelques-uns de ces arbres qui depuis au moins cent ans montaient la garde de l'endroit. C'est ainsi que j'ai passé devant une sentinelle s'appelant Oranger. Je me suis ensuite avancé sous l'ombre d'un caporal que j'ai nommé Palmier. Il était à côté d'un sergent plusieurs fois médaillé. C'était son ami le Dattier. J'étais loin de ce peuple étranger qui habitait le reste de la cité.

Les fruits étaient suspendus, mais hors de portée. Le long tronc de l'oranger s'ouvrait après un grand nombre de coudées. La coiffure du palmier se frottait aux dernières pierres du clocher. Le vieux dattier ne semblait pas vouloir de mon amitié.

Je me suis alors couché à l'ombre de l'oranger. Comme un prisonnier, l'arbre ne pouvait pas bouger. Enchaîné à cette terre, il n'avait que ce qu'elle voulait bien lui donner. Je n'étais certes pas attaché par mes pieds, mais sans carburant où pouvais-je aller? J'étais moi aussi un prisonnier. Réduite était ma portée. Affaiblis étaient mes jambes et mes pieds. Soumise était ma volonté.

L'arbre, bien que prisonnier, avait plusieurs fruits dans chaque main. Il avait quelque chose à manger tous les matins. Il pouvait même partager avec ses voisins. Pour ma part, sans être enchaîné, j'avais toujours faim.

Je me suis endormi sous les terres du soleil. Je rêvais de merveilles. J'avais bel et bien oublié la faim par le sommeil...

... Mais la faim m'a finalement réveillé à la manière d'un cauchemar après un rêve enchanté.

Un petit grain de semence est alors tombé sur ma tête penchée, s'engouffrant ensuite dans une fissure du sol entre mes pieds :

« Petit musicien ! Je vois que contrairement à ces autres humains, tu as encore faim. Contrairement à ces esprits soumis, tu n'es pas tout à fait endormi. Heureuse est l'âme qui est affamée, car elle cherchera à manger ce que je lui enverrai. Heureux est celui qui se réveille de son doux sommeil, car je lui montrerai d'encore plus grandes merveilles. »

Une petite goutte d'eau est alors tombée

sur ma bouche encore fermée, glissant jusqu'à la semence dissimulée :

« Heureuse est la bouche qui a soif, car elle cherchera les sources d'eau vive que je ferai couler. Heureux est le pauvre aventurier qui se croit abandonné, car il creusera vers le trésor que je placerai sous ses pieds.

— Pourquoi ne m'envoies-tu pas de vrais fruits ? Pourquoi fais-tu tomber ces inutiles débris ? Donne-moi quelque chose à manger, et en échange je te promets que jamais plus ma bouche et mes yeux ne seront fermés.

— Garde ta bouche ouverte, et en échange je te nourrirai même en hiver. Garde tes yeux et ton cœur ouverts, et en échange même la nuit je te couvrirai de lumière. »

Un grand nombre de semences continuaient de tomber de l'oranger. Levant mon regard vers les branches, je me suis rappelé ce qui jadis avait été Prononcé :

« Regardez les oiseaux dans les cieux. Ils ne sèment ni ne moissonnent, malgré cela le Seigneur est avec eux généreux. Je vous dis que même les rois comme David ou Salomon[4], durant leurs jours les plus glorieux, n'étaient pas habillés comme l'un d'eux. Et pourtant, vous valez bien plus que ces quelques oiseaux, eux qui sans travailler reçoivent une abondance de cadeaux.

« Ne vous inquiétez pas seulement de ce que vous mangerez, ni de ce que vous vous vêtirez. La vie est plus que la nourriture, et le corps plus que la parure.

« Considérez comment sont décorés ces arbres fruitiers, qui pour recevoir n'ont même pas besoin de bouger. Si le Seigneur revêt ainsi ces arbres qui seront coupés et brûlés, à combien plus forte raison ne vous vêtira-t-il pas d'une parure digne des rois, gens de peu de foi[5] ? »

---

4   David et Salomon, son fils, sont deux rois importants de la tradition biblique. Ils sont considérés comme des souverains sages, et comme les fondateurs du royaume biblique d'Israël. David a d'abord été un simple berger. À l'aide d'une fronde, il aurait vaincu Goliath, alors le plus grand guerrier ennemi.

5   Luc 12 : 22-28   Jésus dit ensuite à ses disciples : C'est pourquoi je vous dis : ne vous inquiétez pas pour votre vie de ce que vous mangerez, ni pour votre corps de quoi vous serez vêtus. La vie est plus que la nourriture, et le corps plus que le vêtement. Considérez les corbeaux : ils ne sèment ni ne moissonnent, ils

Des oiseaux étaient perchés dans les arbres épars. Ils vivaient parmi une profusion de fruits accrochés que je ne pouvais dévorer que du regard. Ces branches me rappelaient les Jardins Suspendus[6], ces inaccessibles hauteurs d'où viennent mille et un égards. C'est par amour pour son épouse que leur construction a autrefois été commandée par le roi babylonien Nabuchodonosor[7]. En effet, par une succession

---

n'ont ni cellier ni grenier; et Dieu les nourrit. Combien ne valez-vous pas plus que les oiseaux! Qui de vous, par ses inquiétudes, peut ajouter une coudée à la durée de sa vie? Si donc vous ne pouvez pas même la moindre chose, pourquoi vous inquiétez-vous du reste? Considérez comment croissent les lis : ils ne travaillent ni ne filent; cependant je vous dis que Salomon même, dans toute sa gloire, n'a pas été vêtu comme l'un d'eux. Si Dieu revêt ainsi l'herbe qui est aujourd'hui dans les champs et qui demain sera jetée au four, à combien plus forte raison ne vous vêtira-t-il pas, gens de peu de foi?

6   Les Jardins Suspendus constituent un lieu biblique et antique qui n'a à ce jour pas été retrouvé. Il aurait été construit par un roi babylonien pour son épouse afin de lui rappeler les fleurs et les forêts de son pays natal. Les Jardins Suspendus sont une des Sept Merveilles du Monde. Ils n'ont pas été retrouvés, ce qui a souvent laissé croire à leur inexistence, ou à leur signification symbolique.

7   Nabuchodonosor II était un roi de l'Antiquité. Un peu plus de cinq cents ans avant la naissance de Jésus, il a régné sur le plus vaste territoire qu'ait jamais dominé Babylone. Ce dirigeant est surtout connu pour la prise de Jérusalem (dont l'histoire se

d'étages boisés pointant vers les cieux, le souverain voulait évoquer à sa femme les paysages de son pays d'origine. Chaque terrasse était l'équivalent d'une petite forêt sur une colline.

Couvert de pépins d'oranges, j'ai alors médité sur ces oiseaux ressemblant à des anges :

« Ces simples animaux ne parlent ni arabe ni espagnol, et pourtant ils sont chez eux. Ils ne vont pas cogner aux portes, cependant qu'ils sont accueillis en tout lieu. Ils se tiennent sur les corniches parmi les fleurs. Leur nid est une couronne de pétales bien en hauteur. Leur lit est fin comme du satin, doux comme de la soie de grande valeur.

« Ils évitent les tempêtes de toutes les régions. Ils visitent les temples de toutes les religions. Ils vivent en haut des plus beaux balcons. Ils sont voisins des statues de Zeus et de Poséidon. Ils sont invités aux plus prestigieuses adresses. Depuis le rebord des fenêtres, ils ont

---

trouve dans un récit biblique de l'Ancien Testament), et pour avoir amené en captivité le peuple hébreu.

une vue privilégiée sur la beauté des princess-
es. Ils sont perchés au sommet des palais des
duchesses. Ils ont vu maîtres et maîtresses. Ils
vont et viennent entre les forteresses. Sans être
couronnés, des hauteurs ils admirent le trône
de Son Altesse. Sans être baptisés, des cieux ils
assistent aux plus belles messes.

« Ils habitent entre les statues sacrées, au
sommet des églises et des mosquées. Sur les
corniches sculptées, ils s'ajoutent au nombre
des saints et des douze Appelés. Juchés sur la
croix des clochers, tels des anges ils observent
les humains passer.

« Les branches les supportant sont semblables à des ponts suspendus en haut des populations. Parmi elles, les oiseaux ont des nids
placés comme de hauts balcons. Ils n'ont pas
de maison. Ils sont sans-logis, mais quelqu'un
leur a gratuitement construit des abris à même
les arbres fleuris. »

Je me suis souvenu de la première semence

qui était tombée, et qui avec l'aide de la goutte d'eau ne manquerait pas de pousser :

« Les oiseaux n'ont pas de demeure, mais des orangers ont été érigés sous leurs pieds. C'est comme si pour eux la terre avait fait croître une forêt de haricots magiques. Ils conduisent bien haut, vers des terrasses magnifiques.

« Les prédateurs ne peuvent les attaquer. Des branches les protègent comme les bras d'une mère autour d'un nouveau-né. Les torrents des inondations ne sont pour eux que des parades défilant bien bas sous l'horizon. Il n'y a que les regards qui puissent les visiter. En rêve seul on peut les côtoyer.

« Ils reçoivent des friandises des passants. Ils sont comblés de cadeaux et de présents, au point de ne même plus savoir quoi en faire. Chaque jour est pour eux un nouvel anniversaire. »

Je me suis souvenu de la petite goutte d'eau, la seule qui avait traversé cet arbre aux multiples rameaux :

« L'eau leur vient des nuages avant même que ne vienne le tour du paysage. Même les plantes leur donnent des fruits sauvages :

« Chaque branche est le sillon d'un long champ, des champs poussant à même le flanc des précipices les plus menaçants. Chaque rameau est telle une main partageant un cadeau de temps en temps. De grands doigts d'écorce et de bois. Une générosité aux mille bras.

« Sans réserve d'eau, ces oiseaux ne peuvent pas longtemps s'abreuvoir. Malgré cela il finit toujours par pleuvoir. L'atmosphère est leur vaste réservoir, les nuages leurs larges abreuvoirs. Des torrents viennent à eux comme un céleste trésor. Des cristaux tombés du ciel, une collection de perles brillant au soleil. De petits fruits poussant au lendemain de chaque pluie. Des fruits incolores vivant parmi les couleurs de la flore.

« Comme moi, ces oiseaux ne parlent pas le

langage de l'endroit. Malgré cela ils sont traités comme des rois. Ils ont abondance d'eau et choisissent même leurs repas. Ils goûtent au goût de la pluie avant les gorges des puits. Avant les océans et les continents, ils sont les premiers à être abreuvés. À même les cieux ils peuvent boire à volonté.

« Ils ont le choix de plusieurs logis. Ils pourraient demain décider de changer de pays. Partout ils sont les bienvenus. Comme moi ils sont apatrides et pourtant membres de toutes les tribus. Ils sont voisins de toutes les rues, au milieu des parcs ils ont la plus belle vue. Ils envahissent une province en une seule journée, et une fois arrivés, en tout lieu ils sont aimés.

« Ils ignorent les gardes frontaliers. Ils traversent les frontières sans permission. Comme moi ils sont libres et sans patrons. Ils visitent la fenêtre des prisons et puis s'en vont. Ils parcourent en paix les terres de deux pays en guerre. Ils volent bien au-dessus de la tempête et du défoulement des fers. Sous leurs ailes, les

flèches passent bien bas dans les airs. Ils sou-
mettent les châteaux sans même en déranger
une pierre. Ils prennent les places fortes sans
en écorcher les portes. Sans l'usage d'une seule
échelle, ils traversent les remparts des citadelles.

« Ils survolent sans danger les champs de
bataille, évitent le piège des manœuvres en tenaille. Ils se reposent entre les créneaux des
murailles, se perchent au sommet d'une armure
comme s'il s'agissait d'un vulgaire bout de fer-
raille. Leur plumage prend la place de la cotte
de mailles. Leurs reflets colorés remplacent
l'éclat des médailles. Depuis les cieux ils observent la folie de ces hommes se croyant pour
des dieux. Depuis les célestes lieux, ils assistent
au spectacle des Portes de Feu[8].

« Sans arc ou épée, ils visitent les défenses

---

8   *Les portes de feu* est le titre romancé d'une célèbre bataille
de l'Antiquité, la bataille des Thermopyles. Durant cet affronte-
ment, quelques centaines de soldats grecques (plus précisément
des Spartiates) ont retenu les assauts d'une immense armée perse
obligée de passer par un défilé géographique étroit (les portes de
feu). Les Grecs sont morts jusqu'au dernier. Les Perses, même
s'ils ont fini par gagner la bataille, ont finalement perdu la guerre
contre l'alliance grecque.

de Sparte[9]. Sans invitation ils prennent part au sacre des monarques. Le monde est pour eux un grand parc. Ils se rafraîchissent dans les chutes des sommets interdits comme des enfants entre les brumes d'une douce fontaine. Ils visitent les récifs des îles du paradis comme des pèlerins à la Grande Cathédrale au centre de la Seine[10].

« Ils font la tournée des pays de clocher en clocher. Ils parcourent les mers de rocher en rocher. Ils traversent de grands lacs sans même l'usage d'une petite barque. Ils naviguent sans se servir d'instruments ou de chartes. Depuis les airs ils voyagent sans l'aide d'une carte. Ils ignorent la science des géographes. Ils survolent avec indifférence l'académie des cartographes. Pour se souvenir du trajet, ils n'ont même

---

9   Sparte était une ville de l'Antiquité réputée pour ses soldats endurcis. À une époque, son armée était considérée comme la plus puissante. Ce sont des soldats spartiates qui ont combattu les Perses à la bataille des Thermopyles.

10   La Cathédrale de Notre-Dame-de-Paris est construite sur une petite île au centre de Paris. La Seine est le fleuve divisant la capitale française en deux.

pas besoin de dessiner le tracé des bourgs. Ils visitent les jardins des puissants du jour, ils sont les invités des grandes cours. Les empereurs les collectionnent. Leurs nids sont décorés comme des couronnes.

« Ils connaissent les prénoms des dirigeants se faisant la guerre, ils ont des villas au bord de toutes les mers. Ils ont vu les montagnes enneigées des régions polaires, et les dunes du désert. À n'importe quelle saison, ils peuvent échanger leur sapin par un palmier, un pommier par un dattier.

« S'ils s'envolaient, le mois prochain ils visiteraient la Terre Sacrée. S'ils le voulaient, le lendemain ils se poseraient au sommet de l'église de la Nativité[11].

« Ils ne parlent ni ne comprennent les langues des nations. Mais partout où ils vont, les hommes leur donnent des appellations. Sourds sans être sourds, ils sont les seuls à ne

---

11   L'église de la Nativité a été construite à l'endroit où selon la tradition Jésus est né.

pas connaître leur nom. Muets sans être muets, ils sont les seuls à ne pouvoir en faire la prononciation.

« Ils habitent les pays comme des touristes ne payant pas d'impôt. Même au repos ils ont le choix de plusieurs cadeaux. Sans participer aux cotisations, ils ne reçoivent que des subventions.

« Ils sont partout en haute demande. Leurs chants et leur voix ils vendent. Ils sont semblables à des mannequins défilant dans les airs. Ils paradent sous le grand projecteur et sa noble lumière. Ils sont tels des amuseurs ambulants, des acrobates et des trapézistes oscillant entre les branches et les nuages. Tout ce qu'ils font, c'est chanter toute la journée dans le décor des plus beaux paysages.

« Ils chantent un langage inconnu des hommes, mais on les écoute pendant des heures. Ce qu'ils disent est compris non par la tête, mais par le cœur. Ce qui est beau l'est dans toutes les demeures.

« Cognez et l'on vous répondra[12]. »

Je cognais, mais on ne me répondait pas. Cependant que devant une porte on ne se fait pas répondre immédiatement. Il faut attendre quelques instants. Le son des prières voyage certes lentement. Il prend un certain temps avant d'atteindre le firmament. Une parole ne se déplace pas aussi vite que la lumière. Elle doit d'abord traverser l'atmosphère[13].

'ai senti une brise contre mon vis-age. Elle était presque assez forte pour secouer les palmiers et en faire tomber les dattes sur le dallage. Que pouvais-je répondre à

---

12   Luc 11 : 9   Et moi, je vous dis : demandez, et l'on vous donnera; cherchez, et vous trouverez; frappez, et l'on vous ouvrira.

13   Rappelons-nous que la vitesse du son est inférieure à celle de la lumière.

ce présage, si ce n'est le chant d'un mélodieux message ?

J'ai sorti mon instrument pour accompagner ces oiseaux qui sifflaient, déployant ma langue qui contrairement à eux était un outil imparfait. Je chantais en français, le seul langage que depuis mon enfance je connaissais :

« Un jour, le Seigneur seul sait quand, toutes les personnes de cette ville ne seront plus que poussière. Il y a des millénaires, c'était un lieu qui n'était habité que par le vent et la lumière. C'est aujourd'hui une ville d'une importance particulière, une capitale qui à elle seule pourrait avoir dix maires. Un jour, à nouveau, ce sera un lieu qui ne sera habité que par le vent et les rayons solaires. Venant du nord comme du sud, de l'est comme des occidentales longitudes, le vent sera son seul et dernier habitant. La seule langue parlée sera l'air et son sifflement. Mais comme aujourd'hui avec moi, il n'y aura alors personne pour écouter sa voix. »

Je chantais en français, mais les gens venaient m'écouter. Après un moment, des passants s'approchaient et déposaient de la monnaie à mes pieds. Des semences métalliques encore immangeables, mais qui en fructifiant pouvaient néanmoins me nourrir. Des devises que je pouvais en fruits convertir.

J'ai rapidement accumulé assez d'argent pour manger. Je pouvais donc marcher vers le prochain comté.

Je venais tout juste de terminer mon chant, qu'en m'en allant un passant m'a arrêté :

« Pourquoi, dans ta chanson, dis-tu ne pas être écouté ? J'ai compris tout ce que tu as raconté. J'ai aimé tout ce que tu as joué. Pourquoi as-tu si rapidement arrêté de chanter ? »

Je comprenais maintenant cet Espagnol. J'entendais clairement chacune de ses paroles. Je chantais le langage universel de la musique. Nous parlions cette langue internationale et unique. Ma guitare faisait office d'interprète.

Nos bouches s'exprimaient en deux langues, mais nos oreilles entendaient un seul dialecte.

Par la musique je m'étais transformé en prophète. J'étais l'officier de cérémonie, l'équivalent du prêtre. Je récitais des poèmes que tous comprenaient. Par l'harmonie de mes accords, mes phrases rimaient. Mes paroles étaient des notes au son parfait. Au début de chaque partition, une clé donnant l'accès à tout ce qui suivait.

La musique traduisait la voix sortant de mes poumons. L'intonation était comme le ton. Les cordes musicales prenaient la place des cordes vocales. Les notes étaient des lettres formant une esthétique vocabulaire. Les refrains étaient des paragraphes, des lignes comportant plus-ieurs airs. Certains mots sont longs, d'autres sont courts. Certaines notes sont seules, d'autres sont attachées avec celles aux alentours. Cer-taines ont des accents, d'autres se prononcent sans changement.

Devant moi se trouvaient des gens de plusieurs nations. Ils appartenaient à différentes religions.

C'est alors qu'il est arrivé une chose comparable à ce que la tradition appelle la Pentecôte[14], quand l'Esprit Saint est descendu et a inspiré les Apôtres :

« *Le jour de la Pentecôte, les Envoyés étaient dans le même lieu. Puis vint des cieux un son accompagné par un vent impétueux. Des langues, semblables à des langues de feu, se posèrent sur chacun d'eux. Et ils furent tous remplis du Saint-Esprit, et se mirent à parler les langues de nombreux pays, tant amis qu'ennemis. Oui ! Leur voix semblait venir du Paradis. Ils parlaient vraiment à la manière des sages. Ce qu'ils disaient était pourtant un nouveau langage.*

« *Il y avait en séjour à Jérusalem des Hébreux, et des hommes pieux de toutes les nations qui sont sous les cieux. Au bruit qui eut lieu, la multitude accourut pour*

---

14   La Pentecôte est une fête chrétienne importante. Elle est fêtée quelques semaines après Pâques. Elle rappelle la première Pentecôte, venue inspirer les disciples par l'Esprit Saint.

écouter ces paroles solennelles. Elle fut confondue, parce que chacun les entendait parler dans sa langue maternelle. Ils étaient tous dans la surprise et l'étonnement, disant : "Ils viennent d'un pays lointain, et pourtant ils m'apparaissent aujourd'hui comme mes proches voisins. Pour mes yeux ils viennent de très loin, et voici que mon cœur les voit comme mes prochains. Il y a peu de temps, je ne connaissais pas leur nom, et maintenant je les considère comme de dignes concitoyens. Hier encore je n'avais avec eux aucun lien, et ce matin ils me semblent aussi familiers que de proches cousins. Ils viennent de territoires barbares, mais je leur cèderais avec plaisir mon titre de citoyen romain[15]. Voici, ces gens qui parlent ne sont-ils pas tous Galiléens[16] ?

« Parmi cette foule réunie dans ce magnifique parc, il y a des Parthes jusqu'à la lignée des Spartiates. Des Mèdes jusqu'aux habitants des murs de Tolède. Des peuples de l'Écosse jusqu'à la Cappadoce. Des Germains jusqu'aux Africains. Des pays cernant le détroit de Gibraltar jusqu'à ceux de la mer Noire. Ceux qui

---

15   Rappelons-nous que pour les Romains de l'Antiquité, était barbare ce qui était étranger et extérieur à l'Empire.

16   Jésus venait d'une partie d'Israël appelée Galilée.

habitent la Mésopotamie et les lointaines terres d'Asie. De la Phrygie et de la Pamphylie. De la Maurétanie jusqu'à la Syrie. Du Pont et de l'Égypte des pharaons. Du territoire de la Libye voisine de Cyrène. Des descendants de Troie, où vécut la belle Hélène[17]. D'Israël et sa capitale magnifique, Jérusalem. De Tanger jusqu'à la Judée. De la Baltique jusqu'à la Cyrénaïque. Ceux qui sont venus de Rome, juifs et prosélytes. Des Crétois et des Élamites. Des puissants Perses jusqu'aux ethnies qui ne vivent que du commerce. De l'Est comme de l'Ouest. Des océans comme des continents, du canal de Suez jusqu'à la cité de Périclès[18]. Des peuples nomades et sans terre jusqu'aux nations sédentaires. Des jeunes peuplades jusqu'aux populations plusieurs fois millénaires. Des peuples du désert et de la mer, des ports comme des terroirs. Des hautes montagnes comme des basses campagnes. Des hautes comme des basses altitudes. Du Nord comme du Sud. Des chaudes comme

17   Hélène est un personnage important de l'histoire de la guerre de Troie, qui eut lieu durant l'Antiquité. C'est en grande partie en raison de la beauté d'Hélène, en quelque sorte kidnappée par son amoureux venant de Troie, que la guerre fut déclenchée.

18   Périclès a été un homme politique important de la Grèce Antique. Il vivait à Athènes. Le nom de Périclès signifie « entouré de gloire ».

des froides latitudes. Des Bulgares jusqu'aux cathares. Des Francs jusqu'aux pays du Levant. Des Arabes et bien d'autres peuples aux complexes syllabes. Eux qui viennent d'ailleurs, comment les entendons-nous parler dans nos langues des merveilles du Seigneur[19]?" »

La beauté est vraiment le langage de toutes les nations. Elle est le dernier repère pouvant nous sauver de la perdition, l'ultime phare pouvant nous amener à bon port.

Deux hommes qui ont un cœur et qui vien-

---

19   Actes 2 : 1-11   Le jour de la Pentecôte, ils étaient tous ensemble dans le même lieu. Tout à coup, il vint du ciel un bruit comme celui d'un vent impétueux, et il remplit toute la maison où ils étaient assis. Des langues, semblables à des langues de feu, leur apparurent, séparées les unes des autres, et se posèrent sur chacun d'eux. Et ils furent tous remplis du Saint Esprit, et se mirent à parler en d'autres langues, selon que l'Esprit leur donnait de s'exprimer. Or, il y avait en séjour à Jérusalem des juifs, hommes pieux, de toutes les nations qui sont sous le ciel. Au bruit qui eut lieu, la multitude accourut, et elle fut confondue parce que chacun les entendait parler dans sa propre langue. Ils étaient tous dans l'étonnement et la surprise, et ils se disaient les uns aux autres : voici, ces gens qui parlent ne sont-ils pas tous Galiléens? Et comment les entendons-nous dans notre propre langue à chacun, dans notre langue maternelle? Parthes, Mèdes, Élamites, ceux qui habitent la Mésopotamie, la Judée, la Cappadoce, le Pont, l'Asie, la Phrygie, la Pamphylie, l'Égypte, le territoire de la Libye voisine de Cyrène, et ceux qui sont venus de Rome, juifs et prosélytes, Crétois et Arabes, comment les entendons-nous parler dans nos langues des merveilles de Dieu?

nent de deux lointains univers, en se rencon-
trant ils se comprennent comme deux vieux
frères. Sauf dans les corps morts, dans nos
veines circule l'eau-de-vie d'une sainte fontaine. En nous coule un feu aussi rouge et ardent que le cœur d'un volcan. En nous brille un
soleil brûlant. Tous les croyants, de l'Occident
jusqu'au Levant, sont frères de sang.

Je continuais à célébrer la naissance de ma
nouvelle famille. Comme il est Écrit dans les
Évangiles, les textes qui racontent la vie de
Jésus quand il prêchait dans la Judée et ses
villes : *les sourds entendaient, de nouveau parlaient
les muets*[20]. Les bouches comme les oreilles
étaient ouvertes. Les grands comme les petits
s'exprimaient comme des prophètes.

Il existe cette langue comprise par tous les
pays. Le langage de la beauté reste le même,

---

20   Matthieu 11 : 4-6 Jésus leur répondit : Allez rapporter
à Jean ce que vous entendez et ce que vous voyez : les aveugles
voient, les boiteux marchent, les lépreux sont purifiés, les sourds
entendent, les morts ressuscitent, et la bonne nouvelle est annon-
cée aux pauvres. Heureux celui pour qui je ne serai pas une occa-
sion de chute!

peu importe la patrie. Le cœur est ce qui donne la vie et le rythme à toutes les symphonies. Il produit partout les mêmes pulsations, les mêmes percussions. Peu importe le lieu où nous allons, le bien reste le bien, le beau reste le beau, le juste reste le juste, ce qui est sage reste sage. Il existe un Code Civil écrit dans tous les langages, et pour le comprendre, nul besoin d'être un grand sage.

Par le son de ma guitare et de ma voix, j'ai répondu à l'Espagnol devant moi :

« Je suis affamé, c'est pour ça que je produis ces similis-quatrains[21]. Comme ces petits nourrissons dans les arbres, qui chantent pour que leur mère leur apporte à manger, mon ventre est vide, mais mes poumons sont encore pleins. Maintenant que j'ai un peu d'argent, j'irai trouver de quoi combler ma faim.

— Comment t'appelles-tu, toi qui sembles perdu ?

---

21   Un quatrain est une partie de poème, ou plus précisément, une strophe de quatre vers. Un vers est une ligne.

— Si un nom je possédais, voici ce que de mes poumons il sortirait. »

Après m'avoir entendu, l'Espagnol a répondu :

« Tu as un nom parfait! Tu portes un nom espagnol, mais je sais que tu es aussi un Français. Ne bouge surtout pas, reste où tu es. Je t'apporterai les provisions que j'ai achetées au marché, mais n'arrête surtout pas de chanter. »

C'est ainsi que pendant que je m'amusais comme un oiseau dans les nuages, on déposait de la nourriture sous mon ombrage. Mais contrairement à ces petits anges, je n'avais pas de plumage.

D'ailes je n'avais pas. Au-dessus des cordes de mon instrument s'agitait un seul de mes bras. Dans l'air voyageait cet hymne dédié aux quatre éléments. Une tempête d'accords remontant le vent. Un parfum pour les oreilles de celui qui l'entend.

J'étais semblable à un aimant rayonnant. La foule me cernait comme un faisceau d'aiguilles métalliques. Tel un émetteur, ma guitare dégageait un charme électrique. De plus en plus de visiteurs venaient, attirés par cet invisible mais perceptible champ magnétique. Autour de moi naissait une jeune et heureuse république. Sans voix et pourtant d'un unanime choix, elle avait élu la voix de celui qui l'avait séduite par un beau cantique.

Comme les oiseaux vivant dans des arbres où tout leur est fourni, j'étais entouré de paniers bien remplis. Autour de moi se construisait un vaste nid de paille. Chaque minute on y ajoutait de délicieux détails. Il y avait plusieurs commerçants dans la place centrale, qui était proche. J'avais tellement de nourriture que j'aurais pu moi aussi en faire commerce et négoce.

Pendant que les marchands vendaient leurs denrées, j'en étais gratuitement comblé. En moins d'un jour, j'étais plus pourvu qu'un arbre fruitier poussant depuis le début de l'année. Mes bras étaient comme deux branches vivantes. Mes jambes, les deux racines d'une plante grimpante.

Nous voyagions au centre de mes partitions. Chaque nouvelle chanson était un nouveau canton. Chacune de mes compositions était chargée de cerises me nourrissant. Chaque groupe de notes était une grappe prise entre les sillons d'un long champ.

De chants et de fruits des champs, ma bouche était remplie. Autour de moi naissait la plantation d'une nouvelle colonie. J'étais riche et ravi. Les pommes rouges étaient de gros rubis. Les bananes, des sculptures en or. Les poires, des émeraudes cueillies dans un trésor. Les fraises du terroir avaient la forme de diamants rares. Chaque fruit, même s'il n'était pas mangé, restait une œuvre d'art.

Des gens s'arrêtaient pour écouter cette langue étrangère. Ils comprenaient quand même ce dialecte extraordinaire. Entre deux refrains, on pleurait et on riait. Entre deux instants, le soleil rayonnait et les nuages pleuvaient. Le vent passait et s'arrêtait, chargé du parfum des jardins comme des lointaines forêts. Oui! Sans même bouger, la foule voyageait. Au-dessus de nous les cieux paradaient.

« Toi qui, même s'il est un étranger, es par tous invité, pourquoi arrêtes-tu de jouer?

— Je suis assoiffé.

— Je suis un voyageur du désert. Voici mon meilleur ami, le dromadaire. Je me dirige vers le Sahara brûlant. J'avais soif, mais tu m'as donné à boire de cette eau qu'on peut boire tout en chantant. Son souvenir remplira mes réserves pour le reste de mes déplacements. Tu es donc déshydraté. Mais comment un puits peut-il être assoiffé ?

— Un puits généreux est rapidement vidé.
En chantant, ma bouche s'est asséchée.

— Une femme qu'on aime est traitée en
princesse. Pour les yeux une fleur est aussi tendre qu'une caresse. Elle est si belle qu'on lui
apporte à boire, tellement on aime la voir. Ta
voix est aussi douce qu'une harpe jouée par
un ange près de mes oreilles. Tes chants me
gardent au chaud telle une écharpe lors d'une
froide nuit de Noël. Je suis sûr que partout où
tu vas, la pluie a le goût du miel. Je t'apporterai
donc à boire, à tes côtés je resterai en veille, si
en échange tu continues à chanter ces douces
merveilles. »

Des cruches s'accumulaient et se confondaient avec les pots remplis de miel. Elles
s'empilaient près de mes orteils. Sans être
mouillé, d'eau j'étais inondé. Sans même pouvoir y goûter, d'eau j'étais submergé :

« Je suis si assoiffé qu'il me faudrait boire

pendant toute une journée. Mais comme un navire entouré d'un océan salé, de cette petite mer je ne peux m'abreuver.

— Je ne comprends pas. Je t'ai donné assez d'eau pour contenter la cour d'un roi. Ces réserves suffiraient à un imposant groupe de soldats. Ce breuvage est plus pur que celui qu'on verse dans la coupe d'un pacha.

« Ce n'est pas de l'eau de mer. C'est la boisson sortant du grand filtre de la terre. Elle glissait et sortait de la rondeur des pierres d'une rivière. J'ai été la puiser dans les remous d'une belle vallée qui n'a jamais vu la guerre. Cachée et ainsi protégée, elle n'a jamais goûté le sang et son goût amer. Camouflée et ainsi masquée, elle n'a jamais été effleurée par les flèches et le tranchant des fers. Abaissée et ainsi isolée, elle n'a jamais été visitée par les tourments du tonnerre. Elle est aussi pure que si on allait l'extraire des lointains cercles polaires. Elle est toujours fraîche. Même l'été dans un désert, elle conserve la température de la neige. Cette eau est gratuite pour un empereur comme pour une pauvre âme solitaire. Elle reste cependant notre bien le plus cher. Comme avec la lumière donnée par le Père, elle est notre commune mère, celle qui donne la vie au monde de la matière.

— Il est vrai que cette eau n'est pas de la mer. Elle est certes le fruit de la terre et la fille de la pierre, mais contrairement aux racines d'un arbre enterré, je ne peux la boire avec mes pieds. Ces cruches doivent être soulevées, mais pour ça il faudrait m'arrêter. Pour me pencher, je n'aurais d'autre choix que de cesser de jouer. Pour absorber un seul de ces réservoirs, vous seriez contraints de me laisser seul jusqu'à ce soir. Ils sont si grands que j'aurais besoin de bien plus qu'une bouche et deux bras. Ils sont si larges que pour les tenir il faudrait que sur moi poussent trente doigts.

— Nous sommes prêts à les soutenir. En buvant, tu ne pourras certes plus discourir, mais tu pourras au moins nous dévoiler les secrets de cette cousine de la lyre. Pendant que tu bois, je t'en prie, continue de nous emplir. »

J'absorbais le liquide comme un désert asséché depuis des années. J'étais euphorique et comblé. Je ne buvais pas l'eau, je la faisais disparaître tel un magicien. Pour un assoiffé, l'eau fraîche a le pouvoir enivrant d'un puissant vin.

Des jarres de jus étaient déposées. Elles étaient toutes remplies, et remplissaient maintenant mon corps encore loin d'être désaltéré. Comme par l'entaille d'un érable aux premières lueurs de l'été, je buvais à même leur ouverture sucrée. Comme un prince j'embrassais les lèvres de mes dix maîtresses. Un serviteur prenait leurs anses comme un comte qui enlace les bras de sa comtesse. Il caressait leur forme à la manière d'un duc qui tient la taille et les hanches de sa bien-aimée la duchesse.

Une petite fille marchait. Elle était surement riche, étant accompagnée de valets :

« Toi qui viens d'une terre éloignée ; toi

qui par les puissants et les méchants ne peux être imité ; toi qui parles la langue des illettrés comme des gens cultivés, pourquoi arrêtes-tu de jouer ?

— Même si j'ai bu beaucoup d'eau, j'ai encore chaud. Nous ne sommes plus l'été, mais depuis la matinée que je fais raisonner mon instrument. Je suis venu dans cette ville pour me protéger du froid et du vent. Mais il semble que même ces courants, qui en ces temps devraient être rafraîchissants, se sont arrêtés pour mieux écouter, eux aussi. Tout comme le soleil, ce grand projecteur au-dessus des pays, qui a pris une interminable pause du midi.

— Oui ! En ce début de la saison froide, tu as élevé la température de plusieurs centigrades. Ton spectacle nous a rapprochés du soleil comme dans une estrade au bout d'une longue escalade.

« Nous sommes censés être dans la saison la plus froide de l'année. Mais voilà que tu as fait naître un deuxième été. Tu viens du nord. Si on pouvait les voir, tes paroles auraient l'éclat de l'or. Chante donc une chanson venant des pays de l'aurore. »

Au milieu de cette ville magnifique, je chantais la beauté des pays nordiques. Un vent frais, qui jusqu'alors dormait, s'est alors levé. Cette énergie éolienne me donnait tel un deuxième souffle me permettant de continuer à chanter.

Les serviteurs de la fillette se sont placés à mes côtés, me prenant en tenaille. Comme les ailes de ces oiseaux perchés dans les estrades du haut, ils ont activé de grands éventails.

La musique nous faisait tous voyager. C'est comme si nous nous étions mis à voler. Espérant trouver les rivages du Pays des Merveilles, nous étions telle une formation d'oiseaux migrateurs allant vers les étendues paradisiaques. Guidés par une série de nuages et d'arcs-en-ciel, nous cherchions cette terre où chaque personne a son propre lac. Nous recherchions ce fleuve de miel où voyage encore Noé sur sa grande barque. Suivant le tracé des constellations dans le ciel, nous étions à la quête de ce fort qui sans palissades est pourtant à l'abri de toutes les attaques. Nous partagions notre destin avec les rayons du soleil, notre commun et nouveau signe du zodiaque. Vers le monde des anges nous avancions sans pause. Guidés par une simple prose, nous rêvions d'un ciel où se mélangent l'orange et le rose.

Je nous faisais survoler les plages de lointaines îles. Depuis les nuages nous ratissions les sillons de vastes terres fertiles. Continuant notre euphorique trajet, nous tournions autour de parcs remplis de cygnes. Poursuivant notre chaotique tracé, je leur dessinais les contours de l'Italie et de la vallée du Tibre[22]. Après un bref détour, nous effleurions le sommet du mont Sion et de la Palestine. En moins d'un jour, je leur décrivais l'Asie et les grandes cités

---

22   Le Tibre est le troisième plus grand fleuve d'Italie. Il passe par Rome et se jette dans la mer Méditerranée.

au bord du Tigre[23]. Faisant demi-tour, à midi nous visitions les villes au sud et au nord de l'Euphrate. Après avoir traversé le désert et lui avoir rapidement dit bonjour, nous passions l'après-midi à La Mecque et au mont Arafat[24].

Un autre personnage important, le père de la riche fillette, était tout prêt. Il voyageait sur un trône supporté par des valets :

« J'ai entendu cette musique depuis ma demeure élevée. J'ai ordonné aux sentinelles d'arrêter de marcher. Mes ministres ont in-

23   Le Tigre est, avec l'Euphrate, un important fleuve du Moyen-Orient. Il prend sa source en Turquie, pour ensuite traverser la Syrie et l'Irak.

24   Le mont Arafat, aussi appelé « la montagne de la miséricorde », est un lieu de pèlerinage important pour les musulmans. Situé près de La Mecque, c'est de cet endroit que Mohammed aurait dit son sermon d'adieu. C'est du mont Arafat que sont souvent prononcés des discours religieux importants, que les pèlerins répètent au monde entier une fois retournés dans leurs pays respectifs.

terrompu leur discours. Mes secrétaires ont suspendu la récitation de l'ordre du jour. Mes conseillers ont cessé de me renseigner. Des protestataires, comprenant que c'était un moment sacré, ont cessé de protester.

« Me levant au centre des dignitaires, j'ai prescrit que tous arrêtent de bouger. Même les scribes n'osaient plus pousser leur plume sur le papier. Il n'y avait que les cœurs qui s'agitaient. Il n'y avait que les oreilles qui travaillaient.

« Il ne restait que le vent qui, de trop bonne humeur, n'avait pas écouté mon commandement. Même si toutes les fenêtres étaient fermées depuis des heures, il s'agitait au milieu de mes appartements. Avant qu'il ne meure, nous avons donc ouvert les fenêtres complètement. Emportant avec lui les pétales de mes fleurs, dans les cieux il est allé danser avec les vents des autres continents. Comme lui je voulais être ton nouveau spectateur, ton nouvel adhérent.

« Malgré mes commandements, je ne

t'entendais que trop légèrement. J'ai compris que le seul moyen de mieux t'écouter serait de descendre parmi les tout-petits. Pourquoi arrêtes-tu en cet instant, maintenant que je suis ici ? Tu es comme le vent, qui part et qui revient sans avertissement.

— J'arrive de loin, et je compte encore marcher demain. En jouant, mes mains gagnent en vitalité. Mais en marchant, mes jambes perdent en fermeté. Mes doigts et mon cœur sont toujours en éveil. Ce n'est cependant pas le cas de mes pieds et de mes orteils. J'ai grand besoin de m'asseoir. Ce serait là l'équivalent d'un généreux pourboire.

— Je suis le maire de cette cité. Tu peux t'asseoir sur mon trône pour te reposer, mais n'arrête surtout pas de chanter. »

J'étais maintenant assis sur une chaise elle-même assise sur une table aux supports humains. Tout autour de cette table, on appréciait ce nouveau festin. Il se déversait comme une fontaine débordant dans un petit univers, inondant l'air, baignant les auditeurs, noyant les âmes de bonheur.

J'étais supporté par quatre hommes forts, eux-mêmes animés par une force nouvelle et invisible qu'on ne pouvait pas voir. Ils me soutenaient d'une main, me passant l'eau et la nourriture, afin que je n'interrompe pas ce long spectacle d'ouverture.

Entre le ciel et la terre, mes serviteurs me tenaient en équilibre. Sans se déplacer, ils étaient encore libres. La liberté, c'est faire ce qu'on a toujours aimé et souhaité. C'est pouvoir partir et pourtant rester. Comme il est Dit : *travailler dans la joie délivre de la servitude[25]*.

Quelqu'un avait des inquiétudes :

« Ô toi qui nous fait voyager sans nous faire bouger, pourquoi arrêtes-tu de chanter ? Serais-tu déjà prêt à t'en aller ? Tu nous as fait visiter l'Asie en pensées. Serais-tu prêt à t'y rendre

---

25   Reine Malouin, écrivaine.

pour vrai ? Que pouvons-nous faire pour te convaincre de chanter de nouveaux versets ?

— Je joue depuis longtemps et à chaque fois c'est une nouvelle chanson. Je dois tourner les pages de mes partitions.

— Nous les tiendrons et les tournerons, afin que tu puisses nous les interpréter sans interruption. Car ces Saintes Écritures ne sont comprises qu'à haute intonation. Elles ne sont pas lues par les yeux, mais par les oreilles et l'audition. S'il te plaît, si ce n'est pour toi, pour nous continue cette belle traduction. »

Je chantais chanson après chanson. Je jouais partition après partition. Je comprenais ce qu'on me disait, mais il arrivait que de la bouche de certaines personnes il ne sorte aucun son. Je n'étais pourtant pas sourd, car je pouvais entendre certaines de leurs expressions. Partielle était encore ma compréhension.

« Pourquoi arrêtes-tu de jouer ?

— Ma guitare s'en vient abîmée. Trois de mes cordes sont brisées. Il ne m'en reste que le même nombre qui, sans encore se rompre, s'en viennent par contre usées. Je ne peux pas continuer.

— Un bon devin peut lire toute une histoire avec une seule ligne de main. Un bon pianiste peut jouer avec la moitié de son clavecin. Un bon chevalier peut se défendre avec l'usage d'une seule main. Un bon général peut, avec la moitié de ses cohortes, repousser l'attaque d'une horde. Tel un archer ayant une longue portée, un bon guitariste peut jouer avec une seule corde. »

Après un certain temps, les trois autres cordes se sont brisées, à leur tour. Trois jeunes filles, une musulmane, une chrétienne et une habitante de Jérusalem, se sont avancées et sont venues à mon secours :

« Voici nos cheveux qui ont grandi depuis des années en attendant ce moment. En voilà quelques-uns pour ton instrument. Demande en d'autres si tu en ressens la nécessité. En échange, chante quelque chose en hommage des femmes du monde entier. »

J'avais retrouvé les six cordes et leur multitude d'accords. Une corde pour chaque continent. Une sixième pour le Nouveau Monde, le plus grand. Celui que nous ne connaissions pas encore.

J'ai donc improvisé une chanson en l'honneur de la Féminité. Depuis ce temps, par précaution, je laisse pousser une longue mèche sur le côté. Ceci pour me souvenir de celles qui m'avaient si bien aidé.

« Femme musulmane, j'ai pour toi une question. On m'a dit que le Coran place les femmes comme inférieures aux hommes et aux garçons. Par exemple, j'ai entendu dire que selon la religion musulmane, un témoignage doit être appuyé par un homme ou deux femmes. »

Un certain sage musulman, qui était fort

dans la Vérité, a alors parlé :

« Malheur certes à ces hommes de toutes les nations, qui maltraitent une femme en citant le Coran ou le texte d'une religion ! Oui ! Qui gifle une femme gifle Mohammed. Pour son âme il n'y a aucun remède. Brûler une femme équivaut à brûler un million de Corans. Un homme d'honneur n'accepte pas que coule le sang des innocents. Une femme, comme un enfant, est tel un Coran vivant. Qui frappe une femme frappe la femme d'un roi. Qui attaque une fille attaque Aïcha et Fatima[26].

« Le Coran répète constamment de bien traiter le sexe féminin. Hommes et femmes sont égaux devant le Souverain.

« Cent hommes musulmans mais malveillants ne valent pas une seule femme sans Coran. Qui blesse un cœur blesse le Seigneur. Celui qui frappe sa compagne a entaché pour cent mille ans son nom et son honneur. Mille hom-

---

26   Fatima était la fille de Mohammed. Aïcha était sa femme.

mes méchants ne valent pas la moitié d'une seule femme adultère. Un être violent est le plus fidèle ambassadeur de Lucifer[27]. »

A lors que j'interprétais une chanson triste, la pluie a commencé à tomber sur ma peau lisse. L'eau percutant le sol accompagnait mon chant d'une douce et calme percussion. Même la pluie applaudissait jusqu'à l'horizon. Oui! Les cieux acclamaient aussi loin que portent la vision et l'audition. Sur les oreilles ouvertes, comme des entonnoirs accueillant une boisson, coulait le son de mes chansons. J'ai alors dit à mes nouveaux compagnons :

« Aujourd'hui, nous faisons enfin ce qui compte vraiment. Aujourd'hui est une journée où tous sont redevenus vivants. Aujourd'hui

---

27   Le nom de Lucifer, à l'origine signifiant « Porteur de lumière », a par la suite été associé à celui du Diable.

est le premier jour où peuvent entendre les malentendants. Hier encore j'étais isolé, mais voilà qu'en ce jour tous veulent me rencontrer. Ici sont réunis des gens de tous les quartiers, de toutes les nationalités.

« Les vendeurs ont arrêté de vendre. Les soldats ont cessé de défendre. Les hommes d'affaires ne font plus d'affaires. Les ambitieux ne pensent plus à leur carrière. Les bavards ne parlent plus. Les voyageurs ne marchent plus. Les paresseux sont sortis de leur lit, ne dormant plus. Le maire est lui aussi ici, ne gouvernant plus. Seuls les oiseaux continuent de chanter dans les rues. Même le vent qui sifflait en m'accompagnant, s'est arrêté pour m'écouter tranquillement. Et maintenant il semble que tous les nuages de ce pays se sont rassemblés ici. Se jugeant trop loin dans les cieux, ils sont descendus parmi la foule, pour entendre encore mieux. Pour me voir, des hauteurs il a commencé à pleuvoir.

« Il y a de cela quelques heures, je manquais

d'eau. Mais vous en avez apporté plus qu'il n'en faut. Et maintenant, même le ciel m'en envoie. Mes jarres débordent, peu importe la vitesse à laquelle je les bois.

— Voyageur perdu, toute l'eau que tu reçois, même la nôtre, vient du ciel. Et tous les fruits que tu manges viennent certes de la terre et de l'Éternel. »

J'ai arrêté de jouer. Un homme avait les yeux fermés. Malgré cela, d'un air assuré il marchait. Il semblait savoir où il allait :

« Je suis aveugle depuis bien des hivers. Je vis au fond d'une mine de calcaire, loin des beautés de la mer. Mais qui peut encore entendre la musique peut encore voir des choses extraordinaires. Je t'ai finalement trouvé au travers de cet obscur labyrinthe qu'est devenue ma vie. Montre-moi l'océan, je t'en supplie. Fais une chanson représentant le plus grand des continents, car pour le voir il ne me reste plus que mon ouïe. »

Ma partition auparavant sèche était maintenant mouillée, inspirée par le thème de l'eau et de l'humidité. La fibre des pages était aussi trempée que le sable autrement asséché d'une plage. Cette ville, qui hier encore était sèche comme un désert, était à présent semblable au bord de la mer.

Sur ma partition, les lignes jusqu'alors rectilignes étaient gonflées par la pluie, les feuilles adoptant une forme arrondie. Les notes flottaient sur ces vagues que l'eau tombant du ciel avait transformées en furie.

Je transmettais cette passion à ce témoin sans vision. Son cœur brûlait, alimenté par l'air de la chanson qui entrait dans ses poumons. Le son de la pluie s'infiltrait en lui, circulant dans ses veines jusqu'à son cœur rempli de nostalgie.

L'Aveugle voyageait au cœur d'un merveilleux voyage. Sans trébucher, il marchait sur les nuages. Par ses oreilles en forme de coquillage, il pouvait entendre et imaginer la mer. Comme l'odeur du sel venant de la brise du large, je lui transmettais le souvenir de l'océan par la voie des airs. La pluie avait d'ailleurs un goût salé et amer.

À cent miles marins de la mer soulevée par les humeurs de la lune[28], l'Aveugle entrait dans l'élément de Neptune[29]. Il écoutait cette chanson semblable au chant des Sirènes sous la lune. Les ondes musicales visitaient ses oreilles telles des vagues se déposant dans une sereine lagune. Des larmes salées montaient dans ses yeux à la manière d'une heureuse marée s'élevant vers les cieux :

« Je n'avais pas vu les beautés de l'océan depuis longtemps. Mais aujourd'hui, il semble que je pourrais en faire une aquarelle, tellement je le vois clairement. Tu m'as chanté le

---

28   Rappelons-nous que la Lune cause les marées.

29   Durant l'Antiquité, Neptune était le dieu romain des océans. Son équivalent grec était Poséidon.

Chant de la Mer[30], l'hymne de la rédemption, et comme dans la chanson, de l'autre côté de la mer Rouge tu m'as fait visiter la terre que nous avait autrefois promise le Saint-Père. Mais la mer n'arrête jamais de danser. Pourquoi donc arrêtes-tu de jouer?

— Depuis que je chante la mer, un déluge remplit maintenant ce qui était devenu un désert. Mes partitions ne pourront plus être lisibles, si je ne fais rien pour les protéger de ce torrent nuisible. »

Des charpentiers sont alors venus. Pendant que je chantais, ils construisaient une structure protectrice autour de mes pieds nus.

« Vous qui m'entendez, je divertis vos cœurs. Mais vous qui m'aidez, vous faites mon bonheur. Même s'il pleut, maintenant que j'ai une nouvelle demeure, je sècherai en moins d'une heure. »

---

30   Le Cantique de la Mer est un poème hébreu et religieux. Souvent chanté par les femmes, il exprime la reconnaissance du peuple hébreu envers le Seigneur, qui l'a fait sortir de l'esclavage d'Égypte, en le faisant passer par la mer Rouge.

Une petite maison était en construction. Un empire conquérant par le son naissait autour de ce trône du diapason[31]. Par des chansons je proclamais des décrets sonores à mes *nouveaux fidèles*. Je leur parlais avec la langue officielle de ce petit royaume spirituel.

Quelqu'un s'est avancé hors de la foule, passant entre les fruits accumulés un peu partout. Devant ces gens assemblés, un estropié se tenait debout. Il se déplaçait avec une canne d'un côté, soutenu de l'autre par un jeune garçon qui remplaçait son pied blessé :

« Musicien venant d'un lointain comté, en raison de mon pied mutilé, je ne peux ni marcher ni voyager. Je suis donc confiné à l'étroitesse de cette cité. À première vue, je ne manque de rien. Je mange et je bois à ma faim. Je suis joyeux ici. J'aime ce pays. Mais je sais qu'il y a mieux que le confort de mon lit. Mon corps est

---

31   Un diapason est un instrument métallique en forme de U. En le frappant, il produit une note parfaite servant de référence, permettant ainsi l'accord d'un instrument de musique. Le diapason est donc le symbole du son parfait.

affaibli, mais mon esprit est toujours en vie.

« Sors-moi de cette ville. Montre-moi de lointaines îles. Rends-moi mobile, amène-moi dans un heureux exil. Sois mon guide hors de cette belle mais cruelle architecture. Aide-moi à m'évader de cette magnifique salle de torture. Accompagne-moi au-delà de la tourmente de cette attirante page couverture. Tourne la porte de ces murs qui me refusent le plaisir d'une autre lecture. Fais-moi vivre les légendes d'une aventure. Montre-moi ces cultures que mes blessures ont cachées de leur censure. Décris-moi les couleurs de ces paysages que je ne connais que par l'encre noire de l'écriture. Réserve-moi une place sur ces nuages qui partent déjà au royaume du brillant azur. Allons fêter au paradis. Allons danser sous de chaudes pluies. Fais-moi voir le plus beau des minuits. Dessine-moi un ciel aux mille aurores. Teins mon monde d'une lumière d'or.

« Montre-moi les beautés de mon Autre Patrie, celle que je n'ai jamais vue ni ne verrai jamais de ma vie. Car je ne me rappelle que des terres que voici. Toi qui parles cette langue étrangère et pourtant si familière, amène-moi au pays à l'origine de cette mélodie. Et si tu peux, soulève-moi dans l'éther, au centre des galaxies.

« Perçons les mailles de ce sombre voile me séparant des étoiles, ces reines de la nuit. Traversons l'épaisse broussaille m'empêchant d'atteindre les jardins humides et fleuris. Trouvons la faille de ces murailles me cachant de la beauté des Perséides de minuit[32]. Ramène-moi à la Mère Patrie, celle qui sans toi restera pour moi à jamais dans l'oubli. Je t'en supplie, chante-moi l'hymne national de ton pays.

— La beauté est internationale. Au Paradis elle est l'hymne national. Cette mélodie parle non seulement à tes oreilles, mais à ton cœur et ton esprit. Ta patrie est ma patrie. Les grands

---

32   Les Perséides, aussi appelées les « Larmes de Saint-Laurent », consistent en une fine pluie d'étoiles filantes issue des débris d'une comète. Ces étoiles filantes sont visibles de juillet à août, près de la constellation de Persée, d'où leur nom.

cœurs sont les héritiers d'une grande monar-
chie. C'est à eux que reviennent les étendues
du Paradis.

« Car voici que ceux à qui on a tout enlevé,
même leurs derniers vêtements, mais qui ont
encore un cœur rayonnant, auront leur nom
gravé entre les étoiles du firmament. Ils auront
une vue privilégiée sur le Levant et le Couchant. Entre le Lion et le Dragon ils vivront pais-
iblement. Non loin d'Orion, entre les colonnes
géantes du Parthénon ils dormiront comme
des enfants. Près du Cygne et de sa loge, sous
les cycles de l'Horloge ils se reposeront éternellement[33].

« Suis-moi avant qu'il ne tarde, que je te
montre cet endroit où ce n'est qu'avec le cœur
qu'on regarde. Si tu as vraiment la foi, lâche le
manche de ton bâton, et le bras de ce garçon.
Comme l'a un jour dit Jésus à un estropié après

---

33   Le Cygne et l'Horloge sont deux constellations.

sa guérison : *lève-toi et suis-moi[34]*.

— Oui pèlerin! On doit apprendre à marcher par nous-mêmes, sans l'aide d'un confrère, si on veut voir la beauté des univers. S'il veut aller loin, un fidèle ne peut marcher toute sa vie sur une attelle.

« Beaucoup de ceux qui ont tout, n'ont pas ce qui compte plus que tout. Celui qui n'a qu'une seule jambe forte, n'aura pas la force de monter les marches conduisant à la Grande Porte. »

Je lui ai ainsi décrit les merveilles de ma terre natale. Je ne savais pas encore que je venais de plus loin que l'Europe septentrionale.

« Toi qui es pèlerin et musicien; toi qui es aimé des siens et du destin; toi qui as deux noms, deux professions et deux vocations : je voulais faire ce voyage depuis cinquante ans, mais en quelques instants, tu m'as emmené au

---

34   Jean 5 : 8-9   Lève-toi, lui dit Jésus, prends ton lit, et marche. Aussitôt cet homme fut guéri; il prit son lit, et marcha.

centre du firmament. Comme le soleil, tu m'as fait survoler les nations en un seul parcours, tu m'as fait faire le tour du monde en un seul jour. Si on suit son trajet, sous le soleil les jours ne se terminent jamais. Tant que je t'écouterai, je serai heureux. Mais comment avoir la foi, moi qui ne sais pas lire les écrits religieux? Comment devenir spécialiste de la Loi[35], moi qui suis déjà trop vieux?

---

35   Dans la tradition biblique, la Loi est associée aux Saintes Écritures, plus spécifiquement aux Dix Commandements transmis par Moïse par des tablettes de pierre.

La numérotation et les définitions des Dix Commandements ont quelques variantes selon les confessions et traditions. En général, ils sont compris sensiblement comme suit :

Premier commandement : Tu adoreras un seul Dieu.

Deuxième commandement : Tu respecteras son nom, qui est saint.

Troisième commandement : Tu respecteras le Jour du Seigneur.

Quatrième commandement : Tu honoreras ta parenté.

Cinquième commandement : Tu ne tueras point.

Sixième commandement : Tu ne commettras pas l'adultère.

Septième commandement : Tu ne voleras pas.

Huitième commandement : Tu ne mentiras pas.

Neuvième commandement : Tu resteras pur en pensées.

— Vaut mieux être spécialiste de la vie que spécialiste des Saints Écrits. Le Seigneur nous a fait naître sans Bible et sans Coran. Il nous a cependant pourvus d'un cœur ardent. Il nous a donné des jambes pour avancer et une volonté pour se retrouver. Il nous a donné un cœur pour aimer et des mains pour aider. Il nous a donné une tête pour penser et une bouche pour encourager. Il nous a donné des yeux pour admirer et des oreilles pour écouter. Si tu peux entendre non pas des sons, mais une chanson, tu as déjà une foi presque invincible, quand bien même tu ne connaîtrais pas le titre de la Bible. »

L'Estropié, qui pouvait désormais marcher, est ainsi parti vers la Terre Sacrée. Son grand voyage ne faisait que commencer.

Dixième commandement : Tu ne convoiteras pas les biens d'autrui.

La nuit

’était la fin d’une longue chanson. Le soleil se couchait. Irrésistiblement, sa lumière s’étendait sur la ligne de l’horizon...

e voyageur sans nom, lui aussi, se couchait et s'étendait. Le jour disparaissait vers l'ouest, comme cet explorateur-musicien qui demain allait se relever et recommencer son voyage vers l'est.

« **P**ourquoi arrêtes-tu de jouer? La soirée ne fait que commencer. Le soleil disparaît sous les plus basses souches. Les beautés de la terre se couchent. Le jour et la nuit se touchent. La lumière et les ténèbres s'effarouchent dans les couleurs d'une belle escarmouche. Il ne restera bientôt plus rien à voir. Le beau comme le blanc seront teintés de noir. Il n'y aura alors que toi à écouter pour le reste du soir. Dépêche-toi de chanter, car tu prends déjà du retard.

— Le soleil se déplace au-dessus des étendues de la campagne. Il survolera bientôt les beautés océanes. C'est l'heure de la prière musulmane. Allez prier sans l'interférence de ma voix profane. »

En apparence choqué, le Musulman m'a répondu avec rapidité :

« N'est-ce pas ce que tu es en train de faire en ce moment ? Tes chants sont telles des prières qui pourraient venir du firmament. Elles me rappellent les mosquées du Levant[1]. Et maintenant elles me portent vers les beautés du Couchant. Toi qui es un trait d'union entre les charmes de l'est et de l'ouest, prions collectivement.

— Que fais-tu à prier dans cette cathédrale catholique ? Pourquoi ne quittes-tu pas ce que beaucoup de tes confrères appellent un lieu maléfique ? Ne te sens-tu pas comme chez ton ennemi, dans sa forteresse maudite ?

— Ne vois-tu pas la géométrie symétrique de ces mosaïques ? Ne remarques-tu pas les courbes de ces écritures calligraphiques ? Sans le savoir, tu es aussi dans une mosquée publique. Autour d'un ancien temple chrétien elle a

---

1   Le Levant est associé à l'Orient et à l'est, d'où le soleil se lève chaque matin.

été construite[2].

« Permets-moi de te faire visiter la demeure de millions de rois. Permets-moi de t'amener dans un plus grand temple de la foi. Permets-moi de te faire entrer dans ton autre chez toi. Je t'invite chez moi. »

Nous sommes ainsi partis de cette capitale de l'Andalousie qui m'avait si gentiment accueilli. Je marchais aux côtés de mon nouvel ami. Sa présence était tel un vivant fragment, un souvenir de cette ville du midi.

Nous avancions au-devant d'une foule réunie. Elle nous accompagnait dans notre sillage comme un nuage d'oiseaux nous prenant à l'abordage. À la manière d'un heureux barrage nous recevait la population de chaque village. Une belle chanson en était le droit de passage.

Nous suivions la guidance du Musulman. Nous avancions vers la lune, cet astre en forme

---

2   La Mezquita (mosquée) de Cordoue a été construite autour d'un petit temple chrétien. Plus récente, la cathédrale a été ajoutée au centre de la mosquée.

de croissant. Elle nous dirigeait au centre de beaux nuages, dessinant les contours argentés du chemin de notre pèlerinage.

Nous marchions trop lentement. La lune nous quittait tranquillement. Pour rattraper son orbite, il nous fallait aller plus vite.

J'ai freiné le rythme de mes chansons. Le temps a alors ralenti, nos membres et l'aiguille des horloges s'adaptant à la cadence des sons. La lune avait arrêté sa descente en haut de l'horizon.

Les pieds de l'assistance se sont comme détachés de la terre. Leurs jambes étaient telles les rames d'un long équipage voguant sur les vagues de l'éther. Éclairée par la lune depuis les airs, dans notre sillage était soulevée une brillante écume de poussière. Nous étions au nombre de cent. Nous avancions sous le voile de la Voie lactée comme sous la fumée d'un encens.

Aux riches comme aux pauvres, je donnais une immatérielle aumône[3]. Je siégeais sur mon trône comme une vivante icône. J'étais devenu une relique guérissant de la haine. J'étais le capitaine d'un navire flottant sur une petite mer humaine :

« Chantez. Dansez. Marchez tout en tapant du pied. Écoutez tout en marchant au pas cadencé. Partagez à ceux qui n'ont jamais rien à manger. Donnez l'espoir à ceux qui n'ont plus la force d'espérer. Donnez la vie à ces morts qui n'ont plus la force de se relever. Et si vous appréciez, suivez-moi dans ma lointaine odyssée. Partout où j'irai, ce sera l'été.

« Allons découvrir un nouveau continent. Inventons un nouveau printemps. Suivons

---

3   Une aumône est un don envers ceux dans le besoin. L'équivalent musulman est le *Zakat*, destiné à l'origine à libérer les esclaves, aider les pauvres, les blessés, les voyageurs en difficulté ou encore les prisonniers. On dit qu'il s'agit d'une offrande quand le don est décerné en premier lieu à la gloire du Seigneur.

nos chants que portent déjà les quatre vents. Marchons vers ces endroits où part déjà l'écho de nos voix. »

Je chantais du haut de mon piédestal. Entre les champs de la campagne, nous apprenions la plus belle définition de la vie rurale.

Les pieds de la foule me supportaient. Mon ami musulman m'assistait. Par ses minutieuses instructions, il s'employait à la navigation. Et moi, par mes harmonieuses chansons, je m'occupais de la propulsion.

Nous étions attirés par la foi et son inspiration. Nous étions poussés par ma voix et mon expiration. Nous suivions non pas les chiffres, mais les mots d'une humaine boussole. Nos paroles nous guidaient vers une autre belle métropole. Par nos paraboles était animé notre équipage de bénévoles. Aux escales on nous accueillait par une toile tissée de banderoles. Dans chaque duché on nous attendait. Dans tous les comtés on nous aimait.

À la manière d'un bateau manquant d'eau, nous marchions de puits en puits. Tels d'heureux sans-abris, nous voyagions jusqu'au centre de la nuit. Nous croyant pour un moment perdus, nous sommes arrivés dans une grande ville, que sans guide et ami j'aurais baptisée par Minuit. Telle une terrestre flottille, nous approchions des terres de Séville[4].

Pendant toute la nuit, le Musulman s'était guidé d'après les étoiles dans les cieux. Car même dans les ténèbres, le Seigneur envoie des signes éclatants conduisant vers les hauts lieux.

« Voici le château de cent mille rois. Nous voici chez moi. Nous voici chez toi. Nous voici dans une autre demeure de la foi. »

Nous n'avions pas la clé de cette place forte. Telle une petite cohorte, une partie du groupe cherchait à enfoncer la grande porte. Un gendarme sans arme se trouvait dans la tour du midi. Sans perdre son calme, il nous a avertis :

---

4   Séville est une ville importante du sud de l'Espagne.

« Cette porte ne pourrait être brisée par le poids de dix continents. Et même en y entrant, sans clé on ne pourrait y entrer véritablement. Il ne sert à rien de forcer l'ouverture des pétales d'une fleur. Il est inutile de percer la porte de la Sainte Demeure. »

N'ayant d'autres choix, je me suis tourné vers mon bras droit :

« Tu es chez toi, et comme tu dis, je suis chez moi. Et pourtant ni toi ni moi n'avons la clé de ce château que ne pourrait détruire une alliance de cent rois.

— Un empereur n'a pas besoin des clés de sa riche demeure. Qu'il dise son nom ou qu'il montre son visage de renom : il mangera et se reposera dans ses appartements en moins d'une heure. »

J'ai enlevé mon voile de cheveux de sur mon front. Je n'avais pas encore prononcé la moitié de mon étrange prénom, je n'avais pas vidé plus de deux fois l'air de mes poumons,

que l'ordre d'ouvrir a été donné par le garde de
la tour d'observation.

LE GRAND TEMPLE

Précédé d'une foule, le petit voyageur entrait dans la grande mosquée...

e jardin se doublait d'un potager. De partout on venait y manger. La place ressemblait à un petit marché. Le Musulman a alors commencé un tour guidé.

« **F**oule de pèlerins, citoyens musulmans, peuple chrétien, petit musicien : regardez autour vous. Voyez comment la cour intérieure ressemble à celle de l'église se trouvant à Cordoue. Ici aussi poussent de généreux orangers. Ici aussi flotte l'odeur de l'encens parfumé. Ici aussi vivent des fleurs qui n'ont comme seul défaut que de faner. Ici aussi, si on est assez grand, on peut manger à même les bras des arbres fruitiers.

« Nous ne sommes pas seulement dans une mosquée, mais dans le jardin d'un temple de la chrétienté. Voyez ! Tout prêt de l'astre de l'été s'apprêtant à se lever, on peut même admirer un imposant clocher. Parmi la cathédrale et ses saintes fresques, il y a aussi une exposition permanente de l'art mauresque[1].

« Nous voici dans le plus grand lieu de culte de l'Espagne. Son sommet a comme sœur une famille de montagnes. Son minaret, qui est aussi un clocher, a une architecture chrétienne et musulmane[2].

« Le sud de l'Espagne, l'Andalousie, a longtemps été un carrefour de la culture européenne et arabique. Dans ce pays, les édifices ont une origine antique. Près des arches de cette mosquée ont défilé les colonnes des armées romaines et puniques[3].

---

1   Les Maures sont un peuple venant d'Afrique du Nord, plus précisément de la région du Maroc actuel, donc au sud de l'Espagne. Associés à la religion musulmane, les Maures ont conquis l'Espagne chrétienne pendant le Moyen-âge, fondant un califat dont la capitale, Cordoue, se trouvait dans le sud du pays, en Andalousie.

2   La cathédrale de Séville, aussi appelée la cathédrale Notre-Dame du Siège, a été construite sur une ancienne mosquée, tout comme la mosquée de Cordoue, qui a été bâtie autour d'une chapelle. Le clocher de la Cathédrale de Séville s'appelle la Giralda. Son architecture est le croisement d'un minaret musulman et d'un clocher chrétien.

3   Bien avant la construction des premiers temples chrétiens et des mosquées, Rome et Carthage se faisaient la guerre pour le contrôle de la Méditerranée. Les armées de Carthage, ville

« Les églises sont ici d'anciennes mosquées, et les minarets d'anciens clochers. Plusieurs mosquées sont bâties sur des sites chrétiens de l'Antiquité. Sous tes pieds, comme l'autre jour à Cordoue, les musulmans ont construit une mosquée sur une ancienne cathédrale. Les deux monuments forment non pas deux, mais un seul temple encore plus monumental. Ensemble ils constituent un indivisible hommage à la beauté, la gauche et la droite d'un couple marié, les deux alliés au service du sacré.

« Ici, les chrétiens et les musulmans se sont certes affrontés en batailles rangées. Mais ici, les chrétiens et les musulmans ont aussi échangé leurs idées. Comme à Cordoue, cette ville a été une bibliothèque pour les imams[4] et

---

située en Afrique du Nord, étaient dites « puniques ». Des Carthaginois il a été dit : « Par leur puissance, ils égalèrent les Grecs; par leur richesse, les Perses. » (Appien, *Libyca*, 2)

Le mot « punique » provient du latin *punicus*, qui signifie tout simplement « Carthaginois ».

4   Un imam est un chef religieux musulman.

les évêques[5].

« Ici étaient réunies les trois grandes religions. Ici vivaient des juifs, des musulmans et des chrétiens de toutes les dénominations. Cette région a longtemps été un bastion de la culture, un lieu de savoir et de lecture. Une ville unissant les connaissances d'au moins trois croyances. Un puits concentrant les eaux des quatre provenances. Une ville fortifiée contre l'ignorance. Un champ de bataille où les idées se sont mélangées comme la cavalerie venue de deux côtés, s'alliant en une plus grande armée. »

Le Musulman s'est ensuite tourné vers moi. J'étais toujours assis sur mon petit trône d'or et de bois :

« Pèlerin et musicien, les non-musulmans sont aussi invités dans les mosquées. N'en as-

---

5   Chef religieux de la religion catholique, chargé de la direction spirituelle d'un diocèse. À l'origine, un diocèse était une région administrative de l'Empire romain.

tu pas été informé[6]? L'entrée du Temple des Bienheureux n'est jamais barrée. Le portail de cette forteresse n'est jamais fermé. Aucune porte verrouillée n'a d'ailleurs été érigée. Le château du Seigneur est gardé par un pont-levis qui n'est jamais relevé. Celui qui ne s'y engage pas n'aura que lui-même à blâmer.

« Comme tu peux voir, le jardin n'est pas à l'extérieur de la mosquée, mais à l'intérieur[7]. Tu n'es pas musulman, et pourtant, le monde entier est le temple du Seigneur. Chaque forêt est le jardin de la grande mosquée du Miséricordieux[8]. Chaque rivière est une longue fontaine façonnée dans la pierre, une veine irriguée par

---

6   Dans plusieurs mosquées du monde, les chrétiens et les autres non-musulmans sont invités à visiter les lieux. À Bahreïn par exemple, je me souviens d'une affiche géante placée sur les murs de la grande mosquée municipale. L'accueil qu'on m'y a fait était des plus agréables. Après avoir enfilé un habit d'un blanc éclatant, un guide m'a ainsi fait visiter le grand édifice.

7   La cathédrale de Séville, tout comme la mosquée de Cordoue, comprend des jardins d'orangers. Ces jardins sont à l'extérieur de la structure principale, mais à l'intérieur de l'enceinte.

8   Le mot « Miséricordieux » est souvent employé par les musulmans pour désigner Allah.

les cieux.

— Ta bouche est source d'inspiration. Es-tu toi aussi un musicien de profession? Montre-moi ta partition, que nous chantions et partagions. »

Mon ami musulman avait l'habitude de chanter l'appel à la prière du haut des minarets[9]. Il a ouvert son Coran et m'a montré la source d'inspiration qui le guidait. Comme des partitions inversées étaient les lignes calligraphiques. De la droite vers la gauche elles étaient inscrites[10]. Les courbes de l'écriture étaient aussi belles qu'une femme aux nobles allures :

« C'est la plus belle collection de partitions

---

9   L'appel à la prière, ou *Adhan*, est une annonce publique qu'on entend cinq fois par jour dans les pays musulmans. Il est diffusé à partir du minaret, par voix humaine ou par l'intermédiaire de haut-parleurs. L'appel à la prière est un extrait chanté, ou « psalmodié » du Coran, qui peut être suivi d'annonces générales à la communauté.

10   Le Coran, écrit en arabe classique, est composé de la droite vers la gauche. Quand il est imprimé sous forme de livre, il s'ouvre à droite.

que je n'ai jamais vues. Chante-moi un chapitre de ta sagesse, que je comprenne ce texte que je n'ai jamais lu ou entendu. »

Le Musulman s'est alors emparé d'une de mes partitions. Il a ensuite commencé une chanson. Étrangement, il savait lire le langage codé de mes inscriptions. C'est sur elles qu'il voulait commencer sa présentation :

« Les partitions d'un musicien sont les plus belles écritures du Livre Saint. Composées par des milliers d'auteurs d'époques et de pays distants, on les retrouve sur tous les continents. Inutile d'en faire la traduction. On en fait une bonne ou une mauvaise interprétation. Les mêmes paroles peuvent être chantées différemment. On aime les relire souvent, particulièrement le jour du Nouvel An. Celui qui les entend les comprend. Les enfants et les ignorants peuvent les saisir sans grandes études ou approfondissements. Nul besoin d'université pour déchiffrer la beauté, la science la plus élevée.

« La Bible, par exemple, est un recueil de dizaines de livres écrits par des dizaines d'auteurs de siècles différents. Elle est lue et entendue sur tous les continents. Les mêmes phrases peuvent être comprises différemment. Traduite dans tous les dialectes, en mal ou en bien on l'interprète. Ses versets on aime relire. Les entendre est un gratuit plaisir. »

Le Musulman a ensuite ouvert un grand livre. Ses feuilles étaient reliées par des fils de cuivre. Sa couverture était faite de cuir. Elle était décorée d'or, d'argent et de diamants brillant autant que les cristaux du givre :

« Le Coran se lit comme une chanson. Il est doux tant pour le cœur que la raison. Comme un chant c'est une œuvre d'art immatérielle. Nous appelons cela la psalmodie, qui est l'art de chanter les écrits spirituels. C'est ce qu'on entend avant l'heure de la prière, durant l'Appel. On ne pourrait y introduire une phrase hérétique. Les chapitres ont en effet une structure poétique. C'est le Coran qui est en grande partie à la base de la langue arabique.

« Les chapitres du Coran s'appellent des sourates. Ils ne sont pas classés selon leur date. Sauf pour le premier chapitre, ils sont ordonnés du plus petit au plus grand, en commençant par le plus imposant. La première sourate se nomme l'Ouverture, et c'est la plus importante pour un musulman. Aux mariages, dans les prières, aux funérailles, partout on l'entend. L'Ouverture dit ce qui est contenu dans le Notre Père[11], la prière principale des chrétiens,

---

11   Le Notre Père est la prière la plus répandue chez les chrétiens, qu'ils soient catholiques, protestants ou orthodoxes. Elle a été donnée par Jésus à ses disciples, qui voulaient savoir comment prier. Selon plusieurs, chaque ligne du Notre Père résumerait une idée profonde et importante du message chrétien. Chaque ligne peut ainsi conduire à une longue méditation. Voici la version la plus courante du Notre Père :

Notre Père, qui est aux Cieux,
Que ton nom soit sanctifié,
Que ton règne vienne,
Que ta volonté soit faite,
Sur la terre comme au ciel.
Donne-nous aujourd'hui notre pain de ce jour,
Pardonne nos offenses,
Comme nous pardonnons aussi à ceux qui nous ont offensés,
Et ne nous soumets pas à la tentation,
Mais délivre-nous du mal.
Amen.

mais en mots différents[12]. »

Ayant terminé sa chanson, le Musulman a ensuite fermé son Coran. La nuit et les nuages s'empilaient au-dessus de l'horizon, finissant de cacher les dernières lueurs du soleil couchant.

---

12   Voici « L'Ouverture », la première sourate du Coran : Au nom d'Allah, le Tout Miséricordieux, le Très Miséricordieux. Louange à Allah, Seigneur de l'univers. Le Tout Miséricordieux, le Très Miséricordieux, Maître du Jour de la rétribution. C'est Toi que nous adorons, et c'est Toi dont nous implorons secours. Guide-nous dans le droit chemin, le chemin de ceux que Tu as comblés de faveurs, non pas de ceux qui ont encouru Ta colère, ni des égarés. (Traduction de Mohammed Hamidullah)

LE BREUVAGE
DE L'HOSPITALITÉ

Tout en chantant, le petit voyageur mangeait à volonté. Tout en parlant, il buvait à satiété. Tout en travaillant, il se reposait sur un trône d'or et de velours...

utour était rassemblée une foule provenant de plusieurs faubourgs. Elle s'ajoutait à tous ces pèlerins venus des villes aux alentours. Il y a quelques jours, plusieurs de ces visiteurs étaient encore sourds. Ils étaient aujourd'hui réunis dans cette cour, écoutant des discours. Devant cette beauté, même les coeurs durs avaient envie de tomber en amour. D'une certaine façon, ils étaient eux aussi assis sur des trônes d'or et de velours. Ils étaient tous des rois. Par des chansons ils étaient baptisés dans une nouvelle foi.

e goûtais à des fruits exotiques. Des mets variés étaient présentés par mon public. En échange, je payais par le son de mes instruments de musique. Chaque nouveau chant devenait immédiatement un classique.

La froideur de l'hiver avait quitté cette partie du pays. J'étais maintenant protégé du vent, de la pluie et des intempéries. On approchait d'une autre nuit. Malgré cela, de la noirceur j'étais à l'abri. Autour de moi étaient d'ailleurs restées quelques lueurs du midi.

Serrant mes instruments, j'avais une fois de plus cessé de chanter. Cependant, l'assistance voulait elle aussi manger et boire à volonté. Les ventres et les coeurs n'avaient pas de fond, tout comme les oreilles, qui avaient toujours de la place pour de nouvelles chansons :

« Et maintenant aventurier, pourquoi arrêtes-tu de jouer ?

— Je chante depuis toute la journée, et la nuit s'impose déjà comme la prochaine invitée. Je m'apprête à rejoindre Morphée[1]. Peu importe le territoire, il me rend visite chaque soir. Depuis un long moment que je m'endors.

— Il est Dit, dans les Écrits, que tu dois prier même à minuit[2]. Oui ! Nous devons rester

---

1   Dans la mythologie grecque, Morphée est une divinité des rêves prophétiques. Souvent représenté par une forme humaine possédant des ailes de papillons, il est le fils du Sommeil et de la Nuit. Il était considéré comme le messager des dieux, se transformant souvent en être cher. La morphine, de par son pouvoir, tire son appellation de Morphée.

2   Selon un Hadith, c'est-à-dire une parole qui aurait été dite par Mohammed, mais qui ne se trouve pas dans le Coran : « Le temps de la prière du midi, commence dès que le soleil quitte le méridien, alors que l'ombre de l'homme atteint la longueur de sa taille jusqu'à l'horaire de la prière de l'après-midi qui s'étend jusqu'à ce que le soleil jaunisse. Le moment de la prière du coucher du soleil s'étend jusqu'à la disparition du crépuscule. Le temps de la prière du soir s'étend jusqu'à minuit. Le temps de la prière de l'aube commence à l'apparition de l'aube et se termine avant l'apparition nette du soleil. Une fois apparu, cesse de prier, car il se lève entre les deux cornes de Satan. »

éveillés jusqu'à ce que tout soit fini. Et bien réveillés nous devons être lorsque nous nous endormons pour la dernière nuit.

« Mais si jamais tu t'endormais, nous t'apporterons une théière bien remplie, pour que tu ne t'endormes plus jamais, peu importe la durée de la nuit. Permets-moi de t'amener le breuvage des invités.

— Aucun thé ne garde éternellement en éveil. S'il le fallait, pendant des années je chanterais, pour que vos cœurs ne s'endorment jamais, et que ceux qui s'endorment ne rêvent plus que de merveilles. »

C'est ainsi qu'un Hébreu a déroulé un tapis, et que le Musulman y a déposé une théière décorée de pierres assorties. Les supports humains de mon siège m'ont abaissé jusqu'au tapis. Je suis descendu par terre comme un prince sortant de sa litière.

Nous étions assis tels de vieux amis. J'ai pris la théière en premier, même si c'était moi l'invité venant d'un autre pays :

« Vous apportez à boire à celui que vous avez convié. Vous devriez donc être les premiers à donner le thé. Mais nous sommes également dans une cathédrale, tout près de son clocher. Vous êtes aussi les invités distingués de mon ambassade. Permettez-moi de commencer à verser, chers camarades. »

Je me suis tourné vers le Musulman, versant dans son verre. Je me suis présenté à l'Hébreu, ce voyageur qui venait lui aussi d'une région étrangère. Juste après avoir rempli son verre, l'Hébreu a pris la théière :

« Chrétien, je ne parle pas français, mais je comprends bien ce que toute la journée tu prononçais. Par contre, ton nom présente quelques difficultés. Si on me le demandait, jamais je ne pourrais le répéter. Ma langue n'y est pas entraînée. »

À mesure que mon verre se remplissait, ma bouche débordait :

« Je vous le dis, mes frères, que juifs[3], chrétiens et musulmans, nous buvons tous le même thé. Nous buvons tous la même boisson qui toute la nuit garde éveillé. Nous goûtons tous à ce breuvage qui aide à passer les heures noires, en attendant la venue du jour et de l'aurore.

« Notre foi est identique. Nous lisons les mêmes écrits antiques. On m'a dit que les musulmans, les chrétiens et les Hébreux croient tous aux récits bibliques. Regardez, et aujourd'hui, nous prions tous dans le même temple sacré. Toutes les synagogues sont des églises, et les églises des mosquées en l'hommage du Vénéré. »

Le Musulman a pris la théière, remplissant nos verres :

« Nous nous sommes fait la guerre du Levant jusqu'au Couchant. Nous avons croisé le fer en Orient comme en Occident. Malgré cela, sans le savoir nous formons un seul conti-

---

3   Rappelons-nous qu'un juif est un Hébreu.

nent. Les religions disent les mêmes choses, en des mots différents. La Bible et le Coran sont deux mots dont les premières lettres sont voisines dans le dictionnaire. Les deux sont côte à côte dans la grande bibliothèque de l'univers. L'un est écrit depuis la droite, l'autre depuis la gauche. Les deux écritures paraissent s'opposer, mais elles se rejoignent en leur milieu, décrivant les mêmes choses.

« Deux personnes peuvent se ressembler et pourtant venir de pays distants. Deux mots peuvent être différents. Ils peuvent être nés dans deux continents. Ils peuvent n'avoir aucune lettre en commun. Malgré cela ils ne font qu'Un. Ils peuvent sembler des antonymes, mais ils sont en fait des synonymes. Deux prénoms peuvent appartenir au même Père et à la même famille. Deux synonymes ne contiennent pas les mêmes lettres, et pourtant la même chose ils expliquent. Les mots changent, mais leur sens conserve la même logique. Les chiffres du calcul varient, mais le résultat reste identique.

« La Bible et le Coran sont deux briques constituant les murs de la sainte bibliothèque publique. Deux lingots dans une mine d'or et de diamants, deux gros aimants s'attirant. Deux parchemins roulés et faits du même papier. Deux arbres de la même plantation, deux branches provenant d'un seul tronc. Nous parlons au nom de trois différentes religions. Mais comme trois grandes branches, de la même terre nous venons. Nos chemins se séparent, mais dans les cieux nous poussons et nous nous rejoignons.

« Nos désaccords sont si petits qu'ils ne justifient en rien une bataille. Entre nous il n'y a qu'une bien mince muraille. Elle est aussi fragile qu'une feuille de papier. Par une simple main tendue elle peut être percée.

« L'Islam est souvent perçu comme la religion de l'intransigeance. Mais pour la plupart de ses adhérents, elle est vue comme une philosophie de tolérance. Un bon musulman, tout comme un chrétien, est contre la violence. En effet, le Souverain des Cieux a aussi le surnom de Tout Miséricordieux. Dans le Coran, partout il est Dit : faites la justice, protégez les faibles, rendez les autres heureux. C'est là ce qui est prescrit.

« L'important n'est pas le texte religieux que vous lisez, mais ce que vous en ferez. Un bon cuisinier fera un bon repas en suivant les instructions d'une seule page. Un mauvais cuisinier n'arrivera pas à préparer un simple potage en lisant une collection de cent ouvrages.

« Nous croyons tous à la justice, à la charité, au sacrifice de soi. Selon les musulmans, il faut faire deux choses à la fois : avoir la foi et aimer ceux autour de soi. Nous appelons les deux le *Salat* et le *Zikat*. Ils sont comme les deux pieds supportant le croyant marchant entre les monts d'Arafat[4]. Ils sont les deux colonnes de l'entrée

---

4   Le mont Arafat est une colline sacrée à l'est de La Mecque. D'une hauteur de 70 mètres, c'est un lieu important du hadji, le pèlerinage à La Mecque. Ce mont porte aussi le nom de

du temple du pèlerin. La droite et la gauche de son chemin.

« Il est difficile d'avancer sur une seule jambe. Et les marches du vénérable Temple ne comportent pas de rampe. La foi se définit par ceci : penser et donner, prier et dispenser, croire et pourvoir. Une vie intérieure et un don extérieur. »

Après avoir bu, l'Hébreu nous a lui aussi versé de son cru :

« Pour chaque phrase biblique, on en trouve une équivalente qui soit coranique. Nous avons plus de ressemblances que de différences. Nous sommes tous les frères et les sœurs de la même grande famille, du même clan. Nous sommes l'héritage d'Abraham[5], les descendants d'Adam. Les frères ont parfois des dissensions, mais ils doivent vivre en paix dans la même

« montagne de la miséricorde ». C'est de cet endroit que Moham-med aurait promulgué son sermon d'adieu.

5   Abraham est un des premiers personnages de la Bible. Il est ainsi considéré comme l'ancêtre des peuples hébreux et arabes.

maison. Une toiture ne peut supporter une trop importante rupture.

« Nous sommes humains avant d'être citoyens. Nous sommes tous des cousins. Nous sommes mariés pour le meilleur et pour le pire. Nous faisons tous partie du même grand empire. »

Dans la théière, les feuilles de thé continuaient de se déployer. La langue du Musulman voulait elle aussi se dérouler :

« À tous les hommes s'adresse d'ailleurs le Coran, en commençant souvent les adresses par : *ô fils d'Adam*[6]. La Vérité appartient autant au simple fermier qu'à l'érudit d'une grande université. Elle est la propriété du lointain citoyen comme du proche voisin. La Sagesse a été semée dans tous les humains. »

---

6   Coran 7 : 26   Ô enfants d'Adam! Nous avons fait descendre sur vous un vêtement pour cacher votre nudité, ainsi que des parures. Mais le vêtement de la piété, voilà qui est meilleur. C'est un des signes (de la puissance) d'Allah. Afin qu'ils se rappellent.

J'ai versé une cascade de thé vert, finissant de remplir les verres :

« À l'origine, du même continent nous sommes issus. Nous provenons tous de la même petite tribu. Nous avons nos chambres individuelles, mais nous vivons sous le même ciel. Nous habitons sous le même plafond, nous marchons sur les mêmes fondations.

« Il y a cette histoire de Jésus qui est allé au puits. Il s'y trouvait une étrangère venue d'une partie de la Palestine appelée Samarie, près de ce qui porte aujourd'hui le nom de Cisjordanie. Or, jusqu'à l'arrière-pays, on regardait vers cette région avec mépris[7].

« Parler à cette femme était donc interdit, sa religion étant vue comme une hérésie. *"Donne-moi à boire"*, est pourtant ce que Jésus lui a dit[8].

---

7   Un peu comme à notre époque, avec l'opposition des Israéliens et des Palestiniens. L'opposition des juifs et des musulmans a des origines bibliques plusieurs fois millénaires.

8   Jean 4 : 4-15   Comme il fallait qu'il passât par la Samarie, il arriva dans une ville de Samarie, nommée Sychar, près du champ que Jacob avait donné à Joseph, son fils. Là se trouvait

« Oui ! Nous buvons l'eau sacrée du même puits. Et cette eau est aussi à la disposition de nos ennemis. Elle vient des cieux, mais traverse jusqu'aux sombres souterrains. Son accès n'est pas restreint, mais reste accessible à tous nos voisins, qu'ils soient bons ou malins. Elle est tel un trésor pour les humains. Comme des cristaux brille d'ailleurs la rosée du matin. Elle irrigue les terres comme un large fleuve. Nous avons plusieurs verres, mais une seule source les abreuve. »

---

le puits de Jacob. Jésus, fatigué du voyage, était assis au bord du puits. C'était environ la sixième heure. Une femme de Samarie vint puiser de l'eau. Jésus lui dit : donne-moi à boire. Car ses disciples étaient allés à la ville pour acheter des vivres. La femme samaritaine lui dit : comment toi, qui es juif, me demandes-tu à boire, à moi qui suis une femme samaritaine? — Les juifs, en effet, n'ont pas de relations avec les Samaritains. — Jésus lui répondit : si tu connaissais le don de Dieu et qui est celui qui te dit : Donne-moi à boire! tu lui aurais toi-même demandé à boire, et il t'aurait donné de l'eau vive. Seigneur, lui dit la femme, tu n'as rien pour puiser, et le puits est profond; d'où aurais-tu donc cette eau vive? Es-tu plus grand que notre père Jacob, qui nous a donné ce puits, et qui en a bu lui-même, ainsi que ses fils et ses troupeaux? Jésus lui répondit : quiconque boit de cette eau aura encore soif; mais celui qui boira de l'eau que je lui donnerai n'aura jamais soif, et l'eau que je lui donnerai deviendra en lui une source d'eau qui jaillira jusque dans la vie éternelle. La femme lui dit : Seigneur, donne-moi cette eau, afin que je n'aie plus soif, et que je ne vienne plus puiser ici.

Nous buvions aussi vite que nous versions. Nos verres se remplissaient et se vidaient en même temps que nous parlions. L'Hébreu a alors penché la théière au-dessus de mon verre, car on en voyait déjà le fond :

« Boire de votre thé me remplit de joie. Celui qui est plein de foi ressent le besoin de répandre ce en quoi il croit. Un feu, même s'il le voulait, ne pourrait garder sa lumière pour soi. Et c'est en se transmettant qu'un feu reste fort. Cette boisson vaut autant que de l'or. Malgré cela, un roi ne pourrait en avoir avec des ordres. De par ce que j'entends, ma coupe déborde. Permettez-moi de vous verser un peu de ce dont vous m'avez donné. Permettez-moi de réchauffer le breuvage que vous savez si chaleureusement partager :

« Nous sommes la trinité de la spiritualité. Le Seigneur est notre affinité. Nous sommes les trois grandes religions monothéistes[9], celles de

---

9   Monothéiste, c'est-à-dire qui croit en une seule divinité, à l'opposé d'une religion polythéiste, qui croit en plusieurs dieux ou déesses.

l'Unique. Nous avons une ville sainte en commun : Jérusalem la magnifique. Là-bas, les églises, les mosquées et les synagogues se touchent
de leurs flancs. Pointant vers les cieux, on y voit
des croix et des croissants. À l'emplacement de
l'ancien temple du roi Salomon[10] détruit par
Nabuchodonosor[11] et ses escadrons, le Dôme
du Rocher[12] domine maintenant l'horizon. Sur
les ruines du temple d'Hérode[13] démoli par les
invincibles légions, on retrouve une nouvelle
fondation.

---

10   Le Temple de Salomon occupe une place importante et
nostalgique dans la tradition juive et biblique. Détruit environ cinq
cents ans après sa construction, il aurait vu le jour près de mille
ans avant l'avènement de Jésus.

11   Nabuchodonosor II était le roi de Babylone, à l'époque
la capitale d'un puissant empire. Il a soumis les Hébreux, les
amenant en captivité. Pour symboliser sa domination, il ordonna
la destruction du Temple de Salomon, joyau architectural et religieux de Jérusalem. On retrouve ces histoires dans la Bible, tant
chrétienne que juive.

12   Le Dôme du Rocher est le nom de la grande mosquée de
Jérusalem construite à l'emplacement de l'ancien Temple. C'est un
lieu saint pour de nombreux musulmans.

13   Le Temple d'Hérode est le deuxième Temple de Jérusalem. Sa construction a été contemporaine à Jésus. Peu de temps
après son achèvement, suite à l'insurrection des juifs, il a été détruit par les Romains.

« Une grande mosquée est construite au voisinage des synagogues du mont Sion, près du mont des Oliviers[14] et de la vallée de Cédron[15]. Comme ici à la mosquée de Séville, sur les fondations d'une autre confession est supportée la Grande Mosquée de Jérusalem. Ce lieu saint a été la source de bien des poèmes. Il est entouré et protégé par les murs antiques du Judaïsme, la religion qui a été à la base des autres qui ont suivi[16]. Les premiers textes ont été

---

14   Endroit important pour le judaïsme, l'Islam et le christianisme, le mont des Oliviers est situé à l'est de Jérusalem. À l'origine un cimetière peuplé de morts, selon la religion juive c'est d'abord de cet endroit que rejaillira la vie et la résurrection des morts lors du passage du Messie. C'est dans ce lieu qu'eurent lieu les Lamentations de Jésus, peiné par la ville qui rejetait son message. Quelques siècles plus tard, probablement parrainée par la mère de l'empereur romain Constantin, une église a été érigée au sommet pour commémorer l'Ascension, le départ de Jésus vers les Cieux. Une petite mosquée construite par ordre de Saladin, un conquérant musulman, se trouve aujourd'hui à l'emplacement de l'église de l'Ascension.

15   Le Cédron est une rivière passant entre Jérusalem et le mont des Oliviers. Lieu de sépulture, Jésus y aurait passé beaucoup de temps avec ses disciples. Le père de Jean-Baptiste y aurait été enterré, de même que le premier évêque de Jérusalem, et Jacques, un des frères de Jésus.

16   Le message chrétien se base en effet sur les écrits bibliques du Judaïsme, comme la religion musulmane qui s'appuie sur

la matière première des autres écrits. De même qu'ici en Andalousie, à Jérusalem c'est avec les mêmes pierres que les mosquées et les clochers ont été construits. »

Le Musulman a pris une gorgée. Ayant avalé, il avait encore plus à nous redonner. Il en avait même pour une partie de l'assemblée :

« Les musulmans croient aux messagers du Christianisme. Moïse, Joseph et Abraham ont d'abord été les Envoyés du Judaïsme. Dans le Coran, il est fait mention de Moïse à quarante-quatre reprises. Des dizaines de fois on cite les noms des prophètes. Même chose pour Jésus de Nazareth. Le Coran se compare d'ailleurs souvent à un Rappel, une Confirmation du passé qu'il répète. Les histoires bibliques sont contées en exemples tout au long des Lectures[17].

« Tous les écrits de Vérité sont un parchemin unique et sans déchirure. Ils sont tous con-

---

Jésus et la Bible. L'expression « les gens du Livre » est d'ailleurs l'appellation que donne le Coran aux chrétiens et aux juifs.

17   Le mot « Coran » veut d'ailleurs dire « lecture ».

tenus dans une seule reliure. Chaque page est la continuité de celle qui précède, et non une cassure.

« Voici ce que signifie le mot "musulman" : être soumis à la volonté du Tout-Puissant[18]. Jésus était musulman. Mohammed était chrétien et connaissait les paroles de Jésus. Jésus était juif, un membre des Douze Tribus[19]. Tout comme Mohammed, il croyait à ceux qui avant lui étaient venus. Moïse a vécu avant Mohammed et Jésus. Malgré cela, il était chrétien et musulman, c'est-à-dire un serviteur du Plus Grand. Les gens de foi qui sont venus avant Moïse, Jésus ou Mohammed, étaient tous des

---

18   Coran 22 : 78   Et luttez pour Allah avec tout l'effort qu'Il mérite. C'est Lui qui vous a élus; et Il ne vous a imposé aucune gêne dans la religion, celle de votre père Abraham, lequel vous a nommé « Musulmans » avant (ce Livre) et dans ce (Livre), afin que le Messager soit témoin contre vous, et que vous soyez vous-mêmes témoins contre les gens. Accomplissez donc la *Salat* (prière), acquittez la *Zakat* (charité) et attachez-vous fortement à Allah. C'est Lui votre Maître. Et quel excellent Maître! Et quel excellent soutien!

19   Dans la tradition biblique, les Douze Tribus étaient les douze provinces d'Israël, ces territoires ayant été fondés par les fils de Jacob à la sortie de l'esclavage de Pharaon.

Hébreux, des chrétiens et des musulmans. Les histoires de Noé, d'Abraham ou d'Adam sont survenues avant celle des Dix Commandements, et bien avant celles de la Bible ou du Coran. Pourtant, Noé et Abraham étaient tous deux croyants.

« Les Douze Apôtres étaient juifs, et les premiers disciples de Mohammed étaient des chrétiens motivés. Moïse, Jésus et Mohammed : les trois parlent la même langue, celle de la Vérité. Les trois viennent de la même Péninsule[20], celle entourée de la mer et du ciel bleuté. »

Il n'y avait presque plus rien à boire. Dans la théière du Musulman reposait encore une goutte de thé. Elle est tombée du rebord du réservoir. Elle ressemblait à une perle d'or. C'est à moi que le Musulman voulait la donner :

« Aventurier, musicien et pèlerin ! Toi qui pour deviner ton heureux destin, n'as même

---

20   La péninsule arabique est en effet entourée par la mer Méditerranée, la mer Rouge, l'océan indien, et le golfe persique.

pas besoin d'aller consulter un devin. Ton teint est semblable au mien. À t'écouter, on dirait que tu es de la même religion, et à te regarder on dirait que tu viens de la même grande nation.

« Tous les peuples sont unis par des vérités universelles. Ce qu'on trouve écrit dans un parchemin d'Occident se trouve aussi dans un monastère d'Orient. Ce qu'on lit dans un livre du Levant, on le retrouve dans un manuscrit du Couchant.

« Toutes les nations sont éclairées par la même lumière, que ce soit au milieu d'une grande capitale, ou sur une île au milieu de la mer. »

La potion magique

Un homme s'était approché du tapis...

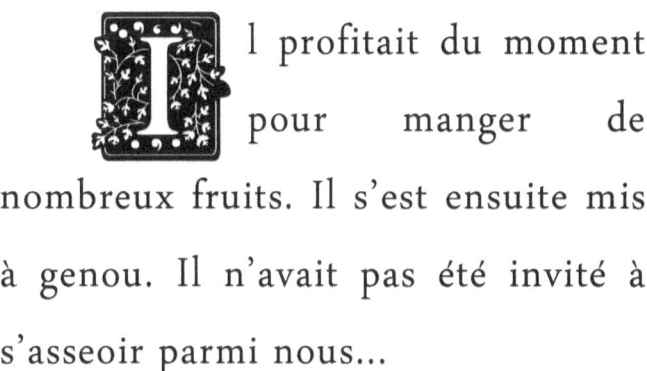l profitait du moment pour manger de nombreux fruits. Il s'est ensuite mis à genou. Il n'avait pas été invité à s'asseoir parmi nous...

« Ma vie tourne autour d'une chose encore plus petite que les cellules. Vous étudiez celui dont le nom ne s'écrit qu'avec des majuscules. Mon domaine, quant à moi, est celui des humbles molécules. Mon parti est celui des particules. J'étudie l'infiniment petit, ce qui est minuscule. Vous vous penchez sur l'infiniment Grand. La quête des plus petites choses mène ultimement à la découverte de la plus grande des choses : le Tout-Puissant. De nombreux scientifiques croient à l'infiniment Grand, à la seule différence qu'ils lui donnent des noms différents. »

Nous étions dérangés pour ne pas dire insultés par cette intrusion inopinée :

« Les scientifiques ne sont pas admis à

prendre le thé ici. De plus, un bon invité doit partager quelque chose qui vienne de lui. Nous n'avons même plus faim pour un dessert, et toi tu nous proposes une entrée. Nous te regardons, et mis à part ces petites capsules de verre, tu n'as rien apporté à boire ou à manger. Ces récipients ne contiennent d'ailleurs que de l'air, rien qui pourrait nous nourrir ou nous abreuver.

« Dans peu de temps nos contenants s'assècheront, tout comme nos bouches, qui cesseront toute prononciation. Il ne restera alors plus rien à boire. Nous savons déjà ce que nous devons croire. Tout a été dit, tout a été écrit. Nous n'avons plus soif. Inutile d'ajouter d'autres paragraphes. »

La théière ne contenait plus de thé. Il n'y avait donc plus de place pour un nouvel invité. Le Chimiste a alors ouvert une petite cassette. Comme un guerrier extrayant son épée du fourreau, il en a sorti une fragile éprouvette :

« Vous avez fourni l'entrée, le repas et le thé. Et moi j'ai un dessert sucré à vous proposer. J'apporte le dernier service à votre grand banquet. Sans lui, le repas ne sera pas complet. Sans lui, vos âmes ne seront jamais en paix. D'ici une décennie, vous deviendrez des sourds et des muets. Sans ce nouveau produit, avant demain vos ventres auront encore faim.

« Votre thé a été infusé pendant une longue période de temps. Pourtant, il lui manque encore un ingrédient. Pourquoi ne pas ajouter un peu de goût à cette ancestrale recette ? Elle serait ainsi encore plus complète. Je propose l'addition de sucre à votre boisson presque parfaite. »

Après s'être avancé vers le tapis, le Chimiste s'est assis au quatrième coin, s'emparant de la théière vide avec ses mains :

« Je suis le spécialiste des atomes et de la matière. J'étudie ce qui compose l'air et la mer, sans bien sûr oublier la terre et la lumière.

Voyez ! Je donne une nouvelle saveur à votre boisson millénaire. Sans le thé, avec le sucre on ne peut rien faire. Sans le sucre, le thé a un goût amer. On finit rapidement par s'en lasser. Les deux ensembles gardent encore plus réveillé.

« Magnifique est ce repas en l'honneur de la foi. Réunis sur le tapis, vous trois paraissez bien forts. Mais une table ne peut s'appuyer éternellement sur trois supports. Même si elle est bâtie sur des pierres, même si elle est protégée par une armature de fer, elle reste tel un soldat blessé attendant la certitude de la mort. Elle est aussi fragile qu'une imposante statue aux pieds d'argile. Un nain peut la faire tomber sans trop d'effort ; une petite main peut lui faire un grand tort.

« Mais en lui ajoutant un quatrième et petit renfort, cette table devient aussi solide qu'un fort. Un plus grand nombre d'invités viendront s'y asseoir. Encore plus de personnes y chercheront du réconfort. Davantage de convives voudront y vivre. Si en plus ils boivent

de cette potion magique, de bonheur ils seront
ivres.

« N'avez-vous pas remarqué que vous êtes
seulement trois à boire de ce thé, n'en ayant
plus assez pour le reste de l'assemblée ? Vous
dites qu'il ne reste ni verre ni thé pour un nouvel invité. Pourtant, je vois une autre théière
qui n'a pas encore été utilisée. »

À nul endroit on ne voyait une autre réserve
de thé. Le Chimiste en avait peut-être une de
cachée :

« Les scientifiques sont aussi invités.
J'apporte les denrées venant de ma contrée.
J'amène les fruits de la terre, ceux de la
connaissance du monde de la matière. Je vous
ouvre à ce que je découvre, je diffuse ce que
je trouve. Je vous fais profiter maintenant de
ce que j'ai cultivé les dernières années. Je n'ai
rien apporté à boire, et la théière est vide, mais
par ma bouche je vous déverserai les paroles
venant de ma tête et de mes pensées. Comme

il est Écrit : *de lui sortiront des rivières*, par lui s'abreuveront les mers. Par lui seront irriguées les étendues de la terre. »

« Une terre qu'on croit stérile, si on l'arrose, fera pousser une colonie de roses. Je vois qu'une partie de la foule n'a rien pu boire. Permettez-moi de lui donner de cette boisson qui peut être bue même par les morts.

« Cédez-moi le restant de votre boisson. En échange, du double je vous ferai don. Ce que vous perdrez, je le doublerai. Ce que vous me donnerez, je le multiplierai. »

Nous avons ainsi versé nos dernières gouttes de thé dans la théière, cette commune source de savoir. Le Chimiste a ensuite penché le petit réservoir, remplissant nos verres jusqu'au rebord. Sa bouche il a ouvert, mais ce n'était pas pour boire :

« Voici donc la potion magique qui rend

invincible. Voici le Saint Calice[1] qui donne une foi infaillible. Avec ce breuvage mixte, rien ne vous sera impossible. Tout vous deviendra accessible. La recette de cette enivrante boisson est composée de deux ingrédients en apparence incompatibles. Pourtant, une fois unis ils sont à jamais indivisibles. »

Chaque dose de ce nouveau thé avait un arôme de rose. De la bouche du Chimiste coulait une douce prose. Un breuvage brûlant et pourtant rafraîchissant sortait de cette fontaine taillée dans la chair humaine :

« Voyez comment toute l'assemblée peut maintenant boire à satiété. Regardez l'entrée du temple, entre les branches des pommiers et des orangers. Voyez comment de nouveaux invités, qui n'avaient pas soif et qui n'avaient jamais

---

1   Du latin *calix*, le Calice désigne une coupe. Il est un symbole chrétien et un accessoire utilisé lors des rituels. Rempli de vin, il rappelle le sang de Jésus. Il représente la coupe du dernier repas de Jésus, avant son exécution.

Certains chrétiens, dont les catholiques, croient que le vin de messe devient réellement le sang de Jésus. C'est ce qu'ils appellent la « transsubstantiation ».

goûté aux fruits sacrés, ont maintenant envie de prendre de ce nouveau thé.

« *"Construisons un temple si grand que ceux qui le verront terminé nous prendront pour des fous."*

« Cette phrase, dite par un chanoine andalou[2], a marqué le début de la construction de ce temple autour de nous.

« Cependant, permettez-moi de vous parler d'un temple encore plus grandiose, celui qui unit les sages dans une puissante et unique symbiose[3]. Un lieu qui, loin de rendre fou, nous rassemble et nous élève tous. Permettez-moi de vous décrire votre autre chez vous. Laissez-moi vous réserver une loge dans le plus grand temple de la sagesse. Laissez-moi vous faire

---

2   Un chanoine est une personne s'adonnant au service et à l'entretien d'une église particulière.

3   Une symbiose est une association intime entre deux ou plusieurs choses, par exemple entre les plantes d'une forêt. Une symbiose est souvent décrite comme une coopération, une union et même une interdépendance bénéficiant aux divers partis. Ainsi, certaines plantes ou certains animaux apportent quelque chose à leur environnement, qui en échange fournit les conditions de leur survie.

l'éloge de notre commune forteresse.

« Cette église-ci est certes le plus grand temple d'Andalousie. Mais ce n'est pas le plus grand d'entre tous. En effet, magnifiques sont le minaret et le clocher s'unissant dans l'architecture d'une unique tour. Je l'admets, leur beauté rayonne aux alentours.

« Impressionnante est cette grande Giralda[4], mais invincible est ma demeure à Malaga[5]. J'y ai en effet une imposante villa. Ma maison inclut aussi l'Alcazaba[6]. Elle comprend une

---

4   La Giralda est le nom donné au minaret de l'ancienne mosquée devenue la cathédrale de Séville.

5   Malaga, ville au sud de l'Espagne, sur la côte méditerranéenne. Cette ville comprend une forteresse construite par les musulmans.

6   L'Alcazaba est une forteresse, ou plus précisément une citadelle, c'est-à-dire la partie fortifiée d'une ville. Une citadelle est un dernier refuge, un bastion de la dernière chance, advenant la prise d'une ville. Protégée de tous les côtés, elle peut résister longtemps, jusqu'à l'arrivée de renforts venus de loin. Une citadelle est généralement située à un endroit plus élevé que la ville qu'elle protège. L'Alcazaba, ou la Casaba, dépendamment de la façon qu'on l'écrit, était une petite ville autonome dominant Malaga. Elle comprenait des quartiers habitables, des cuisines, des jardins, des fontaines, une mosquée, et même un palais pour les gouverneurs. L'entrée de l'Alcazaba comprend les ruines d'un

cathédrale chrétienne érigée sur une ancienne forteresse musulmane. La construction et les fondations composent ensemble une fortification aux défenses imprenables.

« Elle est la voisine de la mer, la cousine du ciel comme de la terre. À cette montagne on va se réfugier et se cacher de la guerre. Depuis les lointaines campagnes, on vient y manger pour oublier la misère.

« Oui ! Pour les âmes solitaires, elle est un repère, un invincible sanctuaire. Ses murs pourraient dévier le poids de dix mers. Ses tours pourraient arrêter tous les vents contenus dans l'air. Ses épaisses parois font fuir les assauts du froid. Sa pierre figerait et refroidirait un océan de magma.

« Par temps de détresse, elle est une chaleu-

---

théâtre romain, dont les matériaux auraient permis la construction de la forteresse. Plusieurs autres villes d'Espagne comprennent des citadelles appelées Alcazaba, par exemple à Almería, Grenade, Mérida. D'autres villes du monde sont les hôtes de citadelles fortifiées, dont la Ville de Québec, en Amérique du Nord. C'est à la magnifique Citadelle de Québec qu'est traditionnellement basé mon régiment, le Royal 22e Régiment.

reuse forteresse. Lors des grandes sécheresses, de la taille des fontaines sortent encore de l'eau ayant l'apparence de brillantes tresses. C'est là que nous allons quand depuis les lointaines terres se fait entendre le bruit du tonnerre. C'est là que nous marchons quand à l'horizon s'approchent les menaçants canons.

« Des restes d'une ancienne forteresse, elle a été convertie en un temple de la sagesse. Le monde serait déchiré par mille batailles, qu'on pourrait aller s'y recueillir dans le calme d'une messe. Fruit du calcul intellectuel, elle est devenue une construction spirituelle. Son clocher pointe vers le ciel et l'atmosphère ; sa base est coulée et creusée dans la matière.

« Il n'y a pas de contradiction entre science et religion. Les deux expliquent le monde et la Création. Une religion qui va contre la science est une religion illogique. Aussi bien croire n'importe quoi, si on ne croit plus la logique.

« Il ne faut pas modifier la divine Création

selon une humaine religion. Ce serait là
une insulte à Celui qui a fait cette Création.
Ce serait un péché mortel contre l'âme et
l'intelligence. Cela équivaudrait à vouloir
remplacer le Seigneur et sa Science. Ce serait
encore semblable à un jeune étudiant voulant
enseigner à un professeur d'un grand institut,
ou à celui qui, ne trouvant pas un chef-d'œuvre
à son goût, peinturerait par-dessus.

« Il ne faut pas modifier un moule selon
l'objet. Comme pour le portrait, ce ne serait
là qu'un tableau contrefait. Une croyance doit
s'adapter au moule de la réalité et des faits.
C'est le moule qui est venu avant l'objet, qui l'a
fait. Le sujet vient avant la création du portrait,
et le monde qu'on connaît est apparu avant
l'écriture des Saints Versets.

« Les croyances ne doivent pas guider la
raison, mais la raison doit guider les croyances.
Le Seigneur nous fait naître sans connaissances.
Pour les trouver, il nous a équipés d'une intelligence. En premier est venue la raison. C'est

elle qui doit former nos convictions.

« Nous, les scientifiques, avons une façon de trouver la Vérité : nous émettons une hypothèse, et la confirmons par les faits de la réalité. Celui qui cherche la Vérité doit s'imposer une méthode pour y arriver. Qui veut sincèrement la Vérité ne regarde pas avec des verres déformés ou un filtre embué. Car une foi aveugle déforme ce qu'on voit, et des verres trop épais ne laissent plus passer la lumière de la foi.

« Tout comme un grand nombre d'ecclésiastiques, certains scientifiques sont irrationnels. Ils cherchent nerveusement à renier tout ce qui est spirituel. Plusieurs de ceux qui s'appellent des "hommes de raison" sont ce qu'il y a de plus éloigné de la raison.

« Un homme spirituel peut apprendre beaucoup de la science matérielle. La matière vient aussi de l'Éternel. Il faut donc adapter nos croyances à la science, et non adapter la science à nos croyances. Mais d'un autre côté, tout n'est pas encore accessible à la science. Tous les secrets du monde ne nous sont pas encore compréhensibles. L'homme sage ne dit pas facilement le mot impossible. »

La théière était à nouveau vide. Nos bouches par contre, restaient avides. Le Chimiste savait où trouver le rafraîchissant liquide :

« Malheur à celui qui ne fait que le culte de la raison, tout comme celui qui ne croit qu'en l'émotion.

« Malheur à celui qui perd la tête et la raison, mais mille fois malheur à celui qui perd son cœur et sa compassion. Une âme qui n'est plus émue est une âme perdue. Il n'y a que les corps mort qui ne saignent ni ne pleurent plus. Celui qui n'a plus de larmes coulant de ses yeux, est en pire posture que le plus grand des malheureux. Ne soyez pas gênés de ce qui est émouvant, car c'est là ce qui prouve que vous êtes vivant. Je suis ému, donc je vis. Je pleure, donc je suis. »

La théière était maintenant remplie. Il y en avait pour les grands et les petits.

« Vaut mieux perdre sa raison que perdre sa passion. Qui ne goûte jamais aux larmes et à leur goût amer est telle une âme desséchée errant dans les chaleurs du désert. Heureux est le grand cœur qui pleure. Ses larmes, qu'elles soient de tristesse ou de bonheur, le protègeront de nombreux malheurs. Même au travers d'un désert, sous ses pas poussera une allée balisée de fleurs. Vos cœurs, par l'intermédiaire de vos yeux qui pleurent, sont ce qui donne vie à une terre qui se meurt. Vos yeux, s'ils sont souvent humides, peuvent remplir les rides d'un désert aride.

« Sans avoir perdu ma plus profonde conscience, je suis le représentant de la science, le nouveau-né de la connaissance. Mais ses trois frères le jalousent depuis le jour de sa naissance. Le tout-petit menace même de les dépasser, lui qui vient tout juste de sortir de son enfance.

« Science et spiritualité sont une seule et unique chose. Les deux sont au service de la même Grande Cause. Les deux cherchent la Vérité. Comme des médecins, nous avons tous une spécialité. Certains s'occupent de l'audition ou du dos. Il y a aussi les spécialistes des poumons ou du cerveau. Plusieurs se consacrent au cœur. Tous délivrent l'âme de ses douleurs.

« Certains s'occupent du cerveau : ce sont tous les chercheurs. À ce nombre il faut compter l'ensemble des scientifiques. »

Le Chimiste s'est alors tourné vers moi et mes instruments de musique :

« Certains se préoccupent des oreilles. Ce sont les musiciens, créateurs d'invisibles merveilles. »

Dans la cour de la mosquée, on voyait des fresques et des gravures entre les feuilles des palmiers :

« Certains soignent les yeux, essuyant leurs pleurs pour les remplacer par de douces encres de couleurs. Ce sont les peintres et les sculpteurs.

« Certains prennent soin du cœur et le maintiennent en vie par d'ancestrales techniques : ce sont les écrivains poétiques et autres maîtres de la rhétorique.

« Le spirituel est frère du rationnel. Science et spiritualité conduisent vers les mêmes enseignements. Les deux finissent au même Emplacement. Croire et savoir ont la même trajectoire. L'étude du visible et celle de l'invisible sont indivisibles. »

Un enfant, qui était assoiffé, a demandé :

« Qu'est-ce que la Vérité ? »

Nous voulions tous lui répondre, mais nos verres étaient vides. Le Chimiste avait quant à lui une théière au fond saturé de glucides[7]. Comme un chaud alambic[8], il a versé un peu de son breuvage chimique :

« La Vérité est ce qui nous enseigne sur le monde et ce qui le compose. Elle nous fait comprendre toute chose. Car tout s'explique de la même façon. En unissant toutes les sciences et connaissances du monde, on arrive à une seule conclusion[9]. La Vérité est le langage du Seigneur, sa sublime expression. Elle déchiffre le passé et l'ancien temps. Elle prédit le futur,

---

7   Le sucre est un glucide.

8   Anciennement, un alambic ressemblait à deux boules de verres reliées par un tube. Une boule était chauffée, l'autre refroidit, ce qui permettait d'extraire le produit évaporé et donc de le séparer du reste de la substance. Ce procédé s'appelle la distillation.

9   Les scientifiques de notre époque sont à la recherche de cette notion de « Grande Vérité » ou de « théorie unifiée » expliquant toute chose. Einstein, en son temps, avait essayé de la trouver.

confirme le présent.

« Tous, nous cherchons, nous creusons, nous explorons, nous pensons, et avant de trouver, il arrive que nous nous trompions. Malgré ces efforts réunis, nous n'avons jamais trouvé le fond de ce vaste coffre au trésor. Chaque nouvelle découverte, chaque nouvelle théorie, est la confirmation de la grandeur de cette Intelligence ayant initié cette trajectoire. »

Il avait fini de servir l'enfant, qui avait tout bu. De notre côté, nous n'étions pas tout à fait repus. Vers nous les yeux et la bouche du Chimiste sont donc revenus. Au fond de nos verres, se mélangeant au soluté de thé vert, il restait une dernière gorgée de ce délicieux jus. Nous n'avions pas encore tout entendu. Le Chimiste était fort dans la Vérité et la vertu :

« Voici l'histoire d'un homme qui avait une grande demeure. Ses jardins comptaient mille sortes de fleurs. Même à cheval et en partant aux premières lueurs, en faire le tour lui prenait plusieurs heures. Cette gloire lui venait de ses victoires sur de nombreux champs de bataille, où il s'était battu avec une seule épée, refusant de porter une simple cotte de mailles. Non sans raison, cet homme était réputé pour son grand orgueil.

« Un jour, alors qu'il voulait admirer le lever du soleil, il a remarqué que de lointaines montagnes, qui n'étaient pas les siennes, lui cachaient la lumière venue du ciel.

« Ce guerrier voulait savoir à quel point était puissant ce concurrent légendaire, le grand gouverneur. Il est donc parti à cheval en solitaire, aux premières lueurs. C'est ainsi qu'il découvrait l'immensité du domaine au fil des semaines. Des mois, des années et des décennies ont passé sans qu'il ne vienne au bout de ses peines. L'immense territoire comprenait des chaînes de montagnes. Des fleuves coulaient au milieu des nombreuses campagnes.

« L'homme était presque mort qu'il n'avait

pas découvert la moitié des propriétés de son maître. Un nouveau paysage se cachait derrière chaque nouvelle crête. Oui ! Pour en faire le tour, il lui aurait fallu embaucher ses descendants et ses ancêtres. Voyant l'étendue des terres, ce guerrier ne pouvait être qu'impressionné par les possessions du grand propriétaire.

« Comme cet homme explorant les terres de son supérieur, ainsi devrait être chaque chercheur, qui à chaque découverte devient un peu plus convaincu de la puissance de son Seigneur. Et pourtant, on parle de bien plus que des territoires d'un simple gouverneur.

« *Plus on sait, plus on sait qu'on ne sait rien*[10]. Chaque découverte nous montre à quel point l'Inventeur est toujours plus haut, plus loin. Chaque trouvaille est une preuve de plus de la grandeur du Très Saint.

« Cent génies ne pourraient trouver la moitié des secrets du monde en une seule vie.

---

10   Socrate, philosophe grec.

Malgré cela, on doute de la grandeur de celui qui a donné la vie à ces quelques génies.

« J'étudie le monde visible. Vous devinez le monde invisible. Pour comprendre un artiste, il suffit de regarder ses réalisations. Pour comprendre un compositeur, on n'a qu'à écouter l'interprétation de ses partitions. Pour comprendre le Créateur, il faut étudier sa Création.

« Nous buvons tous le même thé qui prend des années à mijoter. Mais après un temps, même un bon thé finit par ne plus être chaud. C'est pourquoi il en faut du nouveau. Nous disons les mêmes choses, nous ne changeons que les mots. Comme des mathématiciens, nous ne modifions que les numéros. Nos calculs sont différents, mais leurs résultats sont équivalents.

« Un chrétien te dira : *tu récolteras ce que tu sèmeras*[11].

---

11   Galates 6 : 7   Ne vous y trompez pas : on ne se moque pas de Dieu. Ce qu'un homme aura semé, il le moisson-

« Les scientifiques connaissent bien cette loi de la physique : *action-réaction, toute action est suivie d'une réaction inverse et identique*[12].

« Ou encore cette phrase que nous répètent les prêtres : *qui sème le vent récolte la tempête.*

« Ou ceci : *Seigneur, pardonne les péchés que nous avons commis, comme nous avons pardonné ceux de nos ennemis*[13]. *Pardonnez et vous serez pardonnés. Jugez et vous serez jugés. Car c'est de la façon dont vous mesurez*

---

nera aussi.

12   La loi de « l'action et de la réaction » est la troisième loi de Newton. Cette loi, ou axiome (selon les esprits modernes) est une des bases de la mécanique classique.

13   Matthieu 6 : 9-15 Voici donc comment vous devez prier : Notre Père qui est aux cieux! Que ton nom soit sanctifié; que ton règne vienne; que ta volonté soit faite sur la terre comme au ciel. Donne-nous aujourd'hui notre pain quotidien; pardonne-nous nos offenses, comme nous aussi nous pardonnons à ceux qui nous ont offensés; ne nous induis pas en tentation, mais dé-livre-nous du malin. Car c'est à toi qu'appartiennent, dans tous les siècles, le règne, la puissance et la gloire. Amen!

Si vous pardonnez aux hommes leurs offenses, votre Père céleste vous pardonnera aussi; mais si vous ne pardonnez pas aux hom-mes, votre Père ne vous pardonnera pas non plus vos offenses.

que vous serez jugés[14].

« Vous connaissez surement la loi la plus ancienne de tous les temps : *œil pour œil, dent pour dent[15].*

« Les scientifiques diront : *rien ne se perd, rien ne se crée, tout n'est que transformation.* Les religieux diront : la mort n'est que la continuation de la vie d'une autre façon.

« Les scientifiques prétendent : *ce qui se ressemble s'assemble.* La matière attire la matière, formant ainsi les planètes de notre univers.

« Les religieux te diront : *ce qui se ressemble*

---

14   Matthieu 11 : 25-26   En ce temps-là, Jésus prit la parole, et dit : « Je te loue, Père, Seigneur du ciel et de la terre, de ce que tu as caché ces choses aux sages et aux intelligents, et de ce que tu les as révélées aux enfants. Oui, Père, je te loue de ce que tu l'as voulu ainsi. »

Matthieu 7 : 1-2   Ne jugez point, afin que vous ne soyez point jugés. Car on vous jugera du jugement dont vous jugez, et l'on vous mesurera avec la mesure dont vous mesurez.

15   Matthieu 5 : 38-39   Vous avez appris qu'il a été dit : œil pour œil, et dent pour dent. Mais moi, je vous dis de ne pas résister au méchant. Si quelqu'un te frappe sur la joue droite, présente-lui aussi l'autre.

s'assemble. La lumière rejoint la lumière. *Ce qui était poussière redevient poussière.* L'esprit retourne à l'esprit. Ensemble ils forment un monde, le Paradis.

« Tout cela revient au même résultat. Ne voyez-vous donc pas ?

« Vous croyez le monde gouverné par des Lois uniformes. Je crois aussi que le monde est dirigé par un Ordre déterminant jusqu'à ses moindres formes. Rien n'est laissé au hasard. Rien n'est aléatoire. »

L'Hébreu a alors parlé, disant :

« Ô toi qui cherche la lumière au fond de la terre : dans la poussière tu as trouvé un diamant brillant autant que les astres du firmament. Nous croyons que le monde est régi par un Ordre émanant de quelque chose de plus grand. Les Lois guident le monde et son fonctionnement. La Justice en est l'aboutissement.

« Le rôle du chercheur de Vérité est de

trouver cette Justice, que nous appelons aussi la dernière Volonté du Tout-Puissant. Trouver cette volonté, et s'y adapter, voilà notre but en tant que vivants. Car nous cherchons tous à savoir. Nous essayons tous de trouver la destination de notre trajectoire.

— Toi qui viens du Levant rayonnant, je suis chimiste, comme tu le sais maintenant. L'univers est une immense réaction chimique. Le monde est une grande formule mathématique. La Foi est logique. »

Nous étions réunis autour de ce festin pour l'intelligence. Nous formions les quatre piliers de cette table de la Connaissance. Au-dessus, le ciel éclairait chacun de nos rôles. En dessous, la terre nous soutenait depuis l'autre pôle. Cependant, près de nous était rassemblée une foule nombreuse. Aucun repas n'aurait été possible sans les dons de cette congrégation généreuse.

Le temple de la foi n'a pas que quatre supports détenant tout le monopole. Il est construit sur des dizaines de colonnes, chacune fortifiant la structure de cette sainte acropole. Ce sont les disciplines scientifiques, la physique, les mathématiques, ainsi que les activités artistiques, comme la peinture ou l'écriture poétique. Tous forment les soutiens de notre sanctuaire, les tours nous rapprochant des célestes sphères, qui contrairement à la terre, n'ont ni fin ni frontières.

Le Chimiste s'en allait dans son laboratoire, où l'attendaient de nombreux travaux. Mais avant qu'il ne me dise au revoir, il voulait me faire don d'un autre cadeau :

« Ce que je mets à ta disposition n'a pas de prix. Au point que pour tous les humains il est gratuit. Il te fallait passer par ici. Tu peux maintenant continuer ton chemin vers ce pays où la nuit est aussi lumineuse que notre heure du midi.

« Sans cette potion de magicien, tu t'endormirais sur ton chemin. Mais si tu en bois du soir jusqu'au matin, chaque nuit sera une fête arrosée du meilleur vin. Si tu continues à boire, jamais plus tu ne pourras plus croire ; jamais plus tu ne pourras plus voir, quand bien même les cieux effaceraient les étoiles et le reflet des lointaines aurores.

« Au fait, toi qui as un nom parfait, pourquoi dis-tu ne pas avoir de vrai nom ? Aux noms des dieux il fait compétition. C'est le plus beau qu'il soit possible de porter. L'entendre est aussi tendre qu'écouter une rivière s'écouler. L'écouter c'est déjà te connaître et t'apprécier. Comment tes parents l'ont-ils trouvé ?

— Quand je n'étais qu'un bébé ne sachant parler, mon père adoptif, qui pêchait entre les récifs, m'a retrouvé dans une barque solitaire, alors portée par les vagues de la mer. Ne connaissant pas mon nom, il a alors prononcé tous ceux dont il avait connaissance. Voyant mon indifférence, lui-même envahi par l'impatience, il a alors énuméré tous les noms de la terre, s'achetant même pour cela un dictionnaire. Voyant que je ne réagissais toujours pas, il s'est donc mis à jouer de son harmonica. J'ai alors arrêté de pleurer, mon visage s'est illuminé. À partir de ce moment, c'est avec son instrument que mon père s'adressait à moi. Comme tu le sais maintenant, mon nom est une chanson. »

FIN